MARTINA RICHTER

# Die Schimmelreiterin

MARTINA RICHTER

# Die Schimmelreiterin

Oertel+Spörer

*Für meine Töchter,*
*die ich niemals verlassen werde.*

*Für meinen Sohn,*
*der mich verlassen hat,*
*aber doch immer bei mir ist.*

*Für meinen Freund,*
*der mich stark genug gemacht hat,*
*dieses Buch zu schreiben.*

# 1

»Ich bin dann mal weg«. Das erscheint mir dann doch irgendwie unpassend. Aber was kann schon auf so einem Abschiedszettel stehen? Was schreibt man, wenn man einfach keine Lust mehr hat? »Hab euch lieb«, nee. Also schon – aber das glauben die doch nicht, wenn ich sie im selben Moment verlasse.

»Ich komme wieder«, klingt wie eine Drohung. »Hasta la vista, Baby«. Jetzt werde ich albern, besser, ich lass das mit dem Zettel. Die Probleme fangen an, bevor ich auch nur einen Schritt vor die Tür gemacht habe. Aber einfach so verschwinden? Womöglich hetzen sie mir noch die Polizei oder schlimmer noch »RTL– Vermisst« auf den Hals. Die Zeit drängt, also doch eine kurze Notiz:

»Bin reiten, dauert länger.«

Gepackt ist schnell. Viel passt nicht in meine Satteltaschen. Ein bisschen Weidedraht, ein Reiter-Taschenmesser, Regenumhang, Schlafsack, Zahnbürste, Geld. Handy lieber nicht. Die Landkarte, und ein bisschen was zum Anziehen, Bürste für das Pferd und los.

Diese Nacht Anfang Juli ist stockdunkel und es ist noch alles nass nach dem heftigen Sommergewitter.

Einen Schimmel findet man auch im Dunkeln. Irritiert, aber doch gut gelaunt – er weiß ja noch nicht, was ihm bevorsteht. Schnell satteln und nicht umsehen, bloß nicht denken und wieder umkehren. Noch wär's ja möglich. Keiner hätte auch nur was gemerkt und selbst meinen Zettel könnte ich ja noch mit einer Laune – »habe schon lange keinen Ausritt bei Nacht mehr gemacht« – erklären.

Oh Mann, ich fange schon wieder an, mir Hintertürchen zu öffnen, auszuweichen.

Aufsitzen, nicht umdrehen, los. Die Hufe klappern laut über den Hof. Bis jemand davon aufwacht, bin ich weg. Einen Kompass habe ich vorn am Sattel, ich will genau nach Westen. Tausend Kilometer weit, bis ans Meer und einmal am Strand entlang galoppieren. Dann werde ich weiter sehen.

Im Moment sehe ich nichts. Wo ist denn jetzt Westen? Ich bin den Weg schon oft mit dem Auto gefahren. Den Anfang weiß ich auch ohne Karte. Ein Umweg spielt keine Rolle.

Mein Schimmel stürmt vorwärts, vergeude nur nicht zu viel Kraft, mein Lieber, du denkst, du bist in zwei Stunden wieder zuhause und kannst dich ausruhen. Nichts da. Jetzt wird gearbeitet. Wir können es schaffen. Du bist jung und stark. Ich stehe mitten im Leben und will endlich wieder ein Ziel erreichen. Wie oft habe ich mir vorgestellt, wie es wäre, mit dem Auto einfach geradeaus weiterzufahren. Einfach immer weiter.

Bis ich diesen Gedanken zu Ende gedacht hatte, stand ich mal wieder vor unserer Garage und habe ergeben auf den Toröffner gedrückt. Hundert Mal.

Jetzt sitze ich mit leichtem Gepäck auf meinem Pferd und reite gen Westen. Klingt toll, ist aber erst mal dunkel und nass. Düster genug für meine Stimmung. Ich hab alles satt. Klar, sonst wäre ich ja nicht hier. Ich habe soeben meine zwei Mädchen, meinen Freund und meine beiden Hunde einfach verlassen. Wow, ich bin ganz schön fies.

Die Gedanken fangen langsam an, sich in meinem Kopf festzukrallen. Die Kinder, einfach so zurücklassen? Kommen alle zurecht? Ohne mich? Ich habe langsam den Verdacht, dass ich eigentlich will, dass alles zusammenbricht, zur Strafe, weil ich zusammenbreche und es mir keiner glaubt. Obwohl ich gewarnt, gebettelt, erklärt habe, immer und immer wieder, bis zur Verzweiflung. Dabei hätten sie gewarnt sein müssen.

Den Vater meiner Kinder habe ich auch verlassen, weil er mich einfach nicht gehört hat, egal wie laut oder leise ich war. Hauptsache, ich war da. Haushalt in Ordnung, Kinder satt und ruhig, bei Bedarf auch fürs Bett.

Wo war ich? Die meisten Jahre immer da, wo er mich haben wollte. Sparsam, fleißig, ansprechbar für die Sorgen bei der Arbeit. Die Pferde hat er zähneknirschend geduldet, immer im Kreuzfeuer der Kritik, die würden so viel Geld kosten, meinen Spaß könnte ich doch auch bei einem billigeren Hobby haben. Ich könnte doch arbeiten gehen zum Beispiel, zur Zerstreuung. Denn einen richtigen Beruf habe ich ja nicht.

Mein Zorn überträgt sich auf den Schimmel, er wird unruhig, wir verlassen langsam die gewohnten Wege. Für ihn beginnt hier schon die neue Welt.

Bei mir dauert es noch. Ich muss erst die alte noch ein wenig beschimpfen. Nimm' es nicht persönlich, mein Freund. Es bist nicht du, der mich wütend macht. Du bist einfach ein Pferd, bei dir ist es schon okay, wenn du nur so ein Gib-du-mir-Fressen-dann-trag-ich-dich-Verhältnis zu mir hast.

Für mich bist du mehr. Du bist Freiheit, Harmonie, Kraft, Schönheit. Und du bist bereit, mich zu tragen, ohne zu fragen – großer Vorteil! Ein Pferd spricht nicht. Wenn du mich mit einer Stute betrügst, ist mir das egal. Bei meinem Ex war das anders, schmeckte bitter. Ich war zu langweilig geworden, weil er mich so gemacht hatte, wie er das wollte. Als ich dann so war, die Nächste bitte. Aber nur fürs Bett.

Sollte ich stolz darauf sein, dass er wollte, dass ich bei ihm blieb? Weil ich schon so gut eingelernt war. Und die Kinder wollte ich ja schließlich auch. Drei wollte ich, zwei sind mir geblieben. Die Jahre seit dem Tod meines Sohnes haben den Schmerz etwas zahmer gemacht, er brüllt nicht mehr gleich bei jeder Gelegenheit seine Kraft heraus. Ich will nicht mehr weiter denken, so wie immer.

Wir sind mittlerweile auf der Hochfläche angekommen. Die Alb ist wunderschön, sogar nachts. Die Wildschweine auf dem Acker grunzen uns böse an, ich denke, ein kleiner Trab ist jetzt angebracht, lieber das Weite suchen. Der Weg wird schwieriger, es geht steil bergab ins Tal. Der erste helle Schimmer hinter uns zeigt mir, dass die Richtung stimmt.

Bestimmt werde ich auch abnehmen auf dem Ritt. Auch eines meiner Ziele. Obwohl mein Freund mich auch moppelig liebt.

Liebe ist so etwas Blödes. Den Vater meiner Kinder habe ich verlassen, weil ich ihn nicht mehr lieben konnte. Meinen Freund verlasse ich, weil ich ihn zu sehr liebe. Ich kann es nicht lassen zu hoffen, dass er mir verzeiht. Aber nicht weiterdenken, bloß nicht weiterdenken.

Mein Schimmel strauchelt immer öfter. Er braucht eine Pause. Es ist zu dunkel und zu unwegsam.

In der Ferne sehe ich die Burg Hohenzollern hoch über dem Tal orange leuchten. Erhaben thront sie über der weiten Ebene wie ein Auswuchs des Berges, auf dem sie steht. Ich sitze ab, hier ist doch auch ein Bach, das Pferd hat vielleicht Durst. Lustigerweise heißt das Tal anders als der Bach. Warum das so ist, habe ich noch nicht herausgefunden.

Das erste Tageslicht erlaubt mir, meine Landkarte zu studieren. Mein Schimmel schnaubt empört, das Papierrascheln macht ihm Angst. Du wirst auch noch ruhiger werden, so wie ich langsamer. Der erste Schritt ist ja getan. Umkehren wird von Minute zu Minute schwieriger.

Ich hab's wirklich getan.

Ich bin auf dem Weg ans Meer.

Ich habe das erste Mal, seit ich Mutter bin, etwas völlig Egoistisches getan, ohne Rücksicht auf die Gefühle von anderen zu nehmen. Sie werden nichts verstehen.

Der Weg liegt jetzt vor mir. Die Bundesstraße wird ein Problem. Mein Schimmel macht große Augen, als er die vielen Scheinwerfer sieht. Kein Wunder, wir reiten ja sonst nur tagsüber. Helle, leuchtende Autolichter kennt er nicht.

Ich hätte nie gedacht, dass mein Geographiestudium mir einmal zu etwas nütze sein würde. Bisher war mein Studium für mich nur eine wunderschöne Zeit in meinem Leben, als ich noch voller Vertrauen darauf war, dass alles gut wird. Aber nun kann ich, dank meines Studiums, die Karte lesen. Okay, das kann man auch so lernen, aber es ist ein netter Gedanke, nicht umsonst studiert zu haben.

Als Frau kriegt man ja doch irgendwann die Kinder und bleibt zuhause. Habe ich nur Staatsgelder verschwendet? Ja und? Was ist denn der Staat ohne Kinder!

Es ist mein Recht zu lernen und nicht einfach nur stupide zuhause zu sitzen und zu warten, bis sich Nachwuchs einstellt. Sollen nur ungebildete Frauen Kinder kriegen? Das wäre eine schöne Männerwelt. Nicht mit uns Mädels!

Schon wieder werde ich wütend. Ich bin keine Geldverschwendung. Mein Wissen und meine Fähigkeiten werden verschwendet. Ich habe gerne gelernt und es trotzdem geliebt, mich um meine Kinder zu kümmern. Es kann doch nicht nur das eine oder das andere geben? Warum gibt's das denn nur für Männer?

Wir nähern uns der ersten Stadt auf unserem Weg. Das Tal hat uns ein wenig aus der Richtung geführt, aber jetzt passt es wieder. Vor uns, in der Ferne, liegt bereits der Schwarzwald. Ob wir es heute bis dahin schaffen? Eine weite, ebene Fläche liegt vor uns, mit vielen Wegen, gut zu reiten, aber schlecht zum Rasten.

Die Müdigkeit hängt wie eine Wolke über uns, aber mein Schimmel setzt trotzdem beharrlich einen Huf vor den anderen, immer weiter. Das macht mich stolz. Er ist ein herrliches Tier, ganz wie ich es mir immer gewünscht hatte. Harte Kämpfe und ein langer Weg liegen hinter uns beiden, aber wir haben es geschafft.

Er hat mich damals ausgesucht, ich hätte ihn einfach übersehen.

Ich hatte eigentlich ein Pony für die Kinder gesucht und in einem riesigen Stall den Überblick verloren. So viele Pferde hatte selbst ich noch nicht gesehen. Das angekündigte Pony glich in Form, Größe, Charakter und Farbe einem Rottweiler, den man gründlich verärgert hat. Nichts für eine besorgte Mutter. Aber, wenn Du schon mal da bist, kannst Du dir die anderen Pferde ja auch gleich anschauen, dachte ich. Nach über achtzig Tieren sah ich keines mehr.

Da musste mein Schimmel selbst eingreifen, mich am Ärmel schnappen und festhalten. Er hat mich seither nie wieder los gelassen. Eine Herausforderung. Sein Besitzer sagte, dass er nicht reitbar, schreckhaft, unberechenbar, gefährlich und kopflos wäre. Es hat mich gefordert, mich überfordert, mich in richtige Schwierigkeiten gebracht. Aber ich hatte nie Angst. Manchmal war ich wütend und hab es ihn spüren lassen. Aber Angst hatte ich nie.

Er ist alles wert gewesen, jeden Tag, jeden Kampf.

Er kennt nur eine Richtung.

Vorwärts, immer weiter.

So wie jetzt.

# 2

*Das Geräusch klappernder Hufe reißt mich aus meinen Gedanken. Mühsam richte ich mich in meinem Gemüsebeet auf, genieße kurz den Blick über das weite Vorland der Alb. Ein Blick auf den Garten holt mich aber gleich wieder in meinen Ärger zurück – verflixte Schnecken, verdammte Spatzen, elendes Unkraut, Sauwetter. Die ganze Arbeit fast umsonst, eine Handvoll Zwiebeln – bei Schnecken nicht sehr beliebt – ein paar Zucchini mit Löchern – sehr beliebt – und sonst nix. Und doch habe ich jeden Herbst wieder alles umgegraben und jeden Frühling wieder angefangen, seit dreizehn Jahren.*

*Ich sehe ein seltsames Paar den Weg zu unserem Hof heraufkommen. Ein wunderschöner, zarter Schimmel und auf seinem Rücken etwas, das große Ähnlichkeit mit einer Riesenkrähe hat. Beim Näherkommen entpuppt sich das Gebilde als eine blonde Frau in einem riesigen schwarzen Regenmantel, die müde im Sattel hin und her wankt. Ihr Pferd wirkt deutlich munterer. Mit glänzenden, schwarzen Augen sieht mich der Schimmel freundlich an und bleibt vor mir stehen.*

*Auch die blauen Augen der Frau sind freundlich.*

*»Können wir uns bei Ihnen irgendwo ausruhen? Ein kleines Stückchen Wiese für mein Pferd würde schon ausreichen.«*

*»Sicher, da hinten, ich zeige es Ihnen.«*

*Eine gute Ausrede, um dem Gemüsegarten zu entkommen, eine willkommene Abwechslung. Endlich mal wieder ein Gefühl, das ich schon fast vergessen hatte – Neugierde.*

*Wo kommt die Frau her? Die beiden brauchen eine Pause. Hinter dem alten Schuppen ist unser Obstgarten. Die Frau holt aus der Satteltasche ein Stück Schnur und spannt es zwischen die Obstbäume, so dass eine kleine Koppel entsteht, nimmt ihrem Schimmel die Last des Sattels ab und lässt ihn los. Er bleibt vor ihr stehen, senkt den Kopf und legt seine Stirn an ihre. So stehen die beiden für einen kurzen Moment. Dann schnaubt das Pferd zufrieden und beginnt zu grasen.*

*»Ist alles in Ordnung mit Ihnen?«*

*Die Frau schaut mich aufmerksam an. Oh man, wie blöd. Jetzt laufen mir die Tränen. Dieser innige Moment zwischen den beiden hat mich kalt erwischt, wie ein Schlag ins Gesicht.*

*»Kommen Sie mit ins Haus, Sie sehen aus, als könnten Sie einen Kaffee und ein kräftiges Frühstück gebrauchen.«*

Und eine Dusche, denke ich. Aber das kann man ja so nicht gleich sagen. Alle Fragen müssen warten. Beim Kaffee plaudert es sich leichter.

»Danke.«

Sie folgt mir ins Haus, nachdem sie sich nochmal nach ihrem Schimmel umgedreht hat, um zu sehen, dass alles in Ordnung ist.

Der Kaffee dampft in meinen großen Tassen. Ein gutes Frühstück steht vor uns auf dem Tisch. Die Frau hat richtig Hunger. Ich merkwürdigerweise auch. Aus Verlegenheit? Oder weil es in Gesellschaft einfach besser schmeckt?

»Leben Sie hier allein? Ein großer Hof«, sagt sie.

Ich will eigentlich alles über sie wissen, aber es ist zu spät, ich habe zu lange nicht geredet.

Jetzt lege ich los, erzähle vom Leben auf einem Aussiedlerhof ohne Nachbarn, von der Begeisterung über das eigene Land am Anfang, der nicht enden wollenden Arbeit, den Rückschlägen, der Einsamkeit, der Langeweile im Kopf, vom müden Körper, von den Schnecken, die immer wieder alles zerstören. Was ist nur in mich gefahren? Die kleine Geste der Zuneigung zwischen dem Schimmel und der Fremden war mir bis ins Mark gefahren, hat mich erschüttert, mir die Zunge gelöst.

»Der Hof gehörte schon meinen Eltern. So wie üblich übernahmen wir drei Kinder die Landwirtschaft. Milchvieh, Schweinemast für den berühmten Schwarzwälder Schinken, Gemüse und Obst für unseren Hofladen, Eier.

*Ein ganz normales Bauernleben, bis zu dem Tag, an dem alles anders wurde. Der Mulcher verhedderte sich in einer Schnur, die auf der Wiese lag. Genervt sprang mein Bruder vom Traktor und blieb mit seiner Jacke an einem Hebel hängen, stürzte und fiel vor das Rad. In seiner Eile hatte er die Handbremse nicht richtig festgezogen und der Traktor überrollte ihn an der abschüssigen Wiese. Wir vermissten ihn erst, als er nicht wie üblich zum Abendessen kam. Er kann seit damals nicht mehr laufen. Beide Beine sind gelähmt und schlimmer noch: Von ihm sind nun keine Hoferben mehr zu erwarten. Meine Schwester hat geheiratet und lebt jetzt in Freiburg. Einen Architekten. Gute Partie, netter Kerl, aber ein Stadtmensch. Naja, wenn sie das glücklich macht. Sie ist weg. Mein Bruder ist jetzt wieder auf dem Hof, seit der Reha damals. Er lässt sich aber nicht blicken, lässt unsere Freunde nicht mehr auf den Hof, will niemanden mehr sehen, nur mich. Ich kümmere mich um ihn. Aber ich musste fast das ganze Milchvieh verkaufen, die Äcker verpachten. Wir wissen nicht, was aus dem Hof wird. Der Hofladen würde schon laufen, aber ich kann ja auch nicht überall gleichzeitig sein. Verkaufen, Käse herstellen, Obst und Gemüse ernten, Hühner füttern …«*

*»Gegen Schnecken hilft nur Zerschneiden, am besten vor dem Frühstück, ist dann auch gut für die schlanke Linie, denn Hunger hat man dann keinen mehr.«*

*Nach diesem merkwürdigen Rat steht die Frau auf.*

*»Vielen Dank für das Frühstück, das tat gut. Bitte ent-*

*schuldigen Sie, ich bin müde. Darf ich mich in den Schuppen legen?«, fragt sie.*

*»Nein, auf keinen Fall, ich mach' Ihnen unser Gästezimmer fertig. Das Zimmer steht leer, seit meine Schwester weg ist. Ein Bad ist auch dabei.«*

*»Und der Bruder?«*

*Ihr Blick ist auf mich gerichtet.*

*»Der kommt die Treppe nicht rauf. Keine Sorge, ruhen Sie sich nur aus.«*

*Ich bringe die Frau in das ehemalige Kinderzimmer meiner großen Schwester. Sie streicht mir kurz über meinen Arm, sagt nochmal danke und dann fällt sie aufs Bett.*

*Ich räume die Küche auf und bringe dem Schimmel einen Eimer Wasser und einen Kanten Brot. Von der Bank unter unserem alten Apfelbaum aus schaue ich dem Pferd zu. Es ist auch müde und döst, nachdem es seinen Hunger gestillt hat, auf drei Beinen vor sich hin, der Kopf hängt tief, knapp über dem Boden.*

*Was für ein seltsamer Morgen, überlege ich. Eine Frau, die ich noch nie vorher gesehen habe, liegt oben in meinem Haus, ein Pferd schläft im Obstgarten und ich habe meine Lebensgeschichte einer völlig Unbekannten erzählt. Irgendwie ist mir das peinlich.*

# 3

Als ich aufwache, weiß ich erst nicht, wo ich bin. Ein schönes Zimmer, ein gemütliches Bett. Jetzt fällt es mir wieder ein. Ein trauriger Hof am Rande des Schwarzwaldes. Ich bin frisch und ausgeruht und will sofort weiter. Die ersten Kilometer sind geschafft. Wir waren gut unterwegs. Was für ein Glück, diese hilfsbereite Frau gleich am ersten Tag zu treffen. Sie tut mir leid. Sie kann nicht einmal weglaufen, so wie ich. Denn sie will ja eigentlich hierbleiben. Aber sie weiß nicht, wie sie es schaffen soll, so ganz allein.

Ich liege noch kurz auf dem Rücken und starre die alte Holzdecke an und mache das, was ich nicht lassen kann. Ich denke über die Probleme anderer Leute nach. Ich habe vorerst ja keine eigenen mehr. Zumindest keine, von denen ich schon weiß oder wissen will.

Als ich die Treppe herunterkomme, quietscht ein Rollstuhl über die Dielen. Ist dann schnell verschwunden.

Typisch Mann, eine Frau wäre neugierig genug. Auch als Behinderte hätte sie wissen wollen, wer in ihrem Haus ist. Aber der Bruder will nicht, dass man ihn so sieht.

Ich werde schon wieder sauer. Sie scheinen zur Gewohnheit zu werden, die Männer, die sich aus dem Staub machen: Für mich ein rotes Tuch! Männer, die andere unterdrücken. Auch ein rotes Tuch!

Ich folge dem Geräusch und hole ihn ein.

# 4

*Verdammter Rollstuhl! Ich kann nicht schnell genug um die Ecke und über die Türschwelle. Jetzt hat die Fremde mich. Was will die bloß hier? Ich hasse Fremde, die mich voller Mitleid von oben herab anglotzen.*

*»Wer sind Sie, wer hat Sie hereingelassen? Machen Sie, dass Sie wegkommen!«, schnauze ich die Frau an.*

*»Ihre Schwester war so freundlich, im Gegensatz zu Ihnen!«, kläfft sie zurück.*

*Was war das denn? Ich bin doch behindert, man darf mich doch nicht so angehen.*

*Im selben Moment wird mir die Absurdität meiner Gedanken klar. Will ich nun Mitleid oder nicht? Von ihr kann ich jedenfalls keines erwarten. Wütend funkelt sie mich an.*

*»Wissen Sie eigentlich, was für eine tolle Frau Ihre Schwester ist? Sie kann schon selber entscheiden, wer ins Haus darf. Es gehört doch auch ihr, oder etwa nicht?«*

*»Ja, aber …«, weiter komme ich nicht. Da hat meine Schwester ja einen schönen Drachen ins Haus gelassen.*

*»Wenn Sie zu blöd sind, richtig Traktor zu fahren, können Sie doch nicht einfach ihre Schwester dafür leiden lassen!«*

*»Jetzt reicht's aber …«*

*»Nein, es reicht nicht. Ihre Schwester versucht hier ganz allein, alles am Laufen zu halten und Sie nehmen ihr all ihre Freunde weg. Sie ist ganz allein mit dem Hof.«*

*»Ich würde ja gerne helfen!«, jammere ich.*

*»Ach ja? Dann hören Sie mal auf, nur an sich zu denken. Warum helfen Sie denn nicht im Hofladen? Sie könnten die Eier und die anderen Dinge doch auch im Sitzen verkaufen. Dass Sie im Rollstuhl sitzen, spielt doch dann keine Rolle!«*

*Weg ist sie.*

*Ich habe rote Ohren und das erste Mal seit dem Unfall das Gefühl, am Leben zu sein. Ich koche vor Wut. Ich suche meine Schwester und finde sie im Obstgarten.*

*»Wer war das denn?«, will ich wissen.*

*»Keine Ahnung, eine Art Wirbelsturm«, sagt sie versonnen.*

*»Und wo ist das Weib jetzt?«*

*»Weg.«*

# 5

Was habe ich denn jetzt wieder angerichtet? Ich könnte vor Scham im Boden versinken. Einen Behinderten so zu beschimpfen. Super gemacht. Schon wieder ein Grund mehr zu verschwinden. Dabei ist seine Schwester so eine nette Frau. Mir ist schlecht, so peinlich bin ich mir selbst. Aber ein bisschen verdient hat er es schon. Selbstmitleid bringt einen nicht weiter. Man vermodert darin.

Immer in Bewegung bleiben. Nicht die Albträume dürfen wahr werden, sondern die Träume.

Der Schimmel hat sich inzwischen von unserem Nachtritt erholt und steht mit blitzenden schwarzen Augen bereit. Heute geht es nicht so weit. Bei Einbruch der Nacht suchen wir uns wieder einen schönen Hof. Vielleicht haben wir ja genauso viel Glück.

Je weiter ich mich von zuhause entferne, umso schwieriger wird es, den Weg zu finden.

Also werde ich ab morgen tagsüber reiten. Gerade

als ich losreiten will, sehe ich die Frau und ihren Bruder unter den Apfelbäumen sitzen. Ich hebe die Hand zum Abschied und hoffe, die beiden werden mir verzeihen, dass ich so direkt war. Merkwürdigerweise heben beide die Hand. Ich nehme das mal als gutes Zeichen.

Der Schwarzwald ragt jetzt dunkel vor mir auf. Das Wetter meint es gut, es ist wolkig und kühl, gutes Reitwetter. Die alten Bäume sind mit Flechten überzogen. Es duftet nach morschem Holz und feuchtem Moos. Die Bäume stehen immer dichter. Oft bin ich früher hier gewandert, habe in Grillhütten übernachtet. Habe mich verirrt mit meinem Exfreund und war immer schuld daran. Wie blöd sind wir Frauen eigentlich?

Wir sind vorne im Boot dafür verantwortlich, wenn der Mann hinten falsch steuert.

Immer wieder merke ich, wie sehr ich meinen Freund vermisse. Er ist anders. Warum hab ich ihn dann ohne ein Wort – bis auf einen Zettel – verlassen? Weil ich Angst habe, ihn zu verlieren. Angst, dass es nicht gut geht, dass ich daran zugrunde gehe. Ich will nicht darauf warten, ich kann nicht mehr wie das Kaninchen vor der Schlange sitzen.

Vor ein paar Tagen war es soweit. Der erste Tag nach Jahren, der erste Tag, an dem er mir nicht gesagt hat, dass er mich liebt. So viele Male, jeden Tag, nachdem wir uns gefunden hatten, haben wir uns diese Worte gesagt. Ohne sie abzunutzen. »Ich komme einen Tag später«, sagte er am Telefon nach zwei Wochen Abwesenheit. Früher hat ihn schon eine Stunde ohne mich geschmerzt. Bei mir ist es noch immer so, jede Minute.

»Wir sehen uns dann Montag.« Kein Streit, keine bösen Worte, nur der erste feine Riss. Sind es doch zu viele Jahre, die uns trennen? Werden doch alle recht behalten? Dass es nicht funktioniert, wenn eine Frau so viel älter ist? Dass so etwas nur umgekehrt geht? Ich bin schon angekommen. Und er hat sich gerade erst auf den Weg gemacht – ohne mich!

So ein Mist. Die Zeit wird uns auseinanderbringen. Ich bin doppelt so alt wie er. Böse Zungen behaupten, er sei der Ersatz für meinen verlorenen Sohn. SID. Der plötzliche Kindstod hat ihn mitgenommen. Ich habe nie fertig getrauert, weil ich es nicht schaffe. Er wäre jetzt elf Jahre alt.

Die Bäume werden dichter, wir haben inzwischen den Wald erreicht. Ein weicher, leicht ansteigender Weg liegt schnurgerade vor uns und führt in die feucht moosige Dämmerung, die hier selbst an sonnigen Tagen herrscht. Ein leichtes Schnalzen mit der Zunge, auf das mein Schimmel so lange gewartet hat. Wie von einem Katapult geschleudert, schießt er vorwärts. Ich sehe nichts mehr, der Wind treibt mir die Tränen in die Augen. Ich vertraue ihm blind, denn er weiß, was er tut. Es ist herrlich. Ich könnte schreien vor Freude an seiner Kraft. Als er langsamer wird, sind wir schon mitten im Wald, ein kleiner Bach kommt genau richtig. Die Richtung stimmt noch. Die Luft ist würzig und frisch. Ein oder zwei Stunden noch, dann suchen wir ein Nachtquartier. Morgen kommt dann die erste große Etappe. Übermorgen eventuell schon die Grenze.

Vor uns tauchen die Mauern einer kleinen Abtei auf. Ein guter Ort für die Nacht. Mir knurrt der Magen, ich habe ja seit dem späten Frühstück nichts mehr gegessen. Der Schimmel stopft sich bei jeder Rast so viel Gras, wie er kann, in den Bauch. Ich muss ihm länger Zeit geben, um sich satt zu fressen, sonst magert er noch ab. Ein bisschen gruselig ist so ein kleines graues Kloster mitten im Wald schon. Ich fühle mich ins Mittelalter versetzt.

Als ich absitze, merke ich, dass meine Satteltaschen dicker sind als gestern. Die Frau vom Bauernhof hat mir, ohne dass ich es bemerkt habe, Wurst, Brot und Käse eingepackt. Auch ein Beutel Kraftfutter für den Schimmel fehlt nicht. Wieder wird mir heiß vor Verlegenheit, besonders dankbar habe ich mich nun nicht verhalten. Zu spät. Ich freue mich jetzt einfach über das unverhoffte kräftige Abendessen, so wie mein Schimmel, der inzwischen geräuschvoll mit vollen Backen kaut. Genug Bäume für einen Pferch stehen hier herum. Ich brauche nun keine Klostermauern mehr.

Wir gehen einfach ein Stück tiefer in den Wald und schlafen dort. Es sieht nicht nach Regen aus. Da habe ich mich wohl geirrt, denn wenig später wird es taghell, Blitze erleuchten den Wald. Der Schimmel hat Angst, ich mag Gewitter eigentlich. Aber nur, wenn ich geschützt bin und im Trockenen. Also doch ins Kloster reiten? Vielleicht finden wir dort ein wenig Schutz. Ich raffe schnell meine Sachen zusammen – da bleibt mein Herz stehen.

Eine Gestalt, wie aus einem Horrorfilm, kommt zwischen den Stämmen auf uns zu, immer wieder in gleißendes Licht getaucht, dann verschluckt sie wieder die Dunkelheit.

»Wollen Sie nicht zu uns ins Kloster kommen?«

Mir werden die Knie weich vor Erleichterung. Ein Mönch ist zu unserer Rettung gekommen. »Kommen Sie schnell, wir schaffen es noch.«

Aber der Schimmel ist in Panik, die wild flatternde Kutte, der Donner und Blitz, das ist zu viel für ihn. Er reißt am Halfter, will einfach nur weg. Aber der Mönch ist wohl ein Pferdekenner und sieht, dass er, genauer gesagt seine Kutte, das Problem ist. Er nimmt meine Tasche und geht einfach weg. Ich kann den Schimmel beruhigen und folge dem Mönch. Was für eine Situation, denke ich. Wie in einem Edgar-Wallace-Film, aber da muss ich wohl durch. Es hilft ja nix.

Der Mönch hat sich meine Tasche geschnappt, und da ist nun einmal alles drin, was ich brauche. Trotzdem komme ich mir blöd vor, durch das dramatische Gewitter hinter einem Mönch her zu stolpern. Dann – endlich – sind wir da. Ich kann kaum glauben, was ich da sehe.

Kein Kloster mit Dach und Kirche, sondern nur eine

Holzhütte, an die Mauer von Ruinen gebaut. Das wird ja immer schöner!

»Sagten Sie nicht zu uns ins Kloster? Hier ist ja sonst niemand!«

Wetten, der sagt gleich: »Doch, Gott ist immer bei mir?«

»Doch, Gott ist immer bei mir!«

Hundert Punkte für mich.

»Gott, komm her!«, brüllt der Mönch.

Um Himmels willen, ein Verrückter?

Aber da kommt ein großer schwarzer Hund, der auf den Namen Gott hört. Jetzt nur nicht in hysterisches Gelächter ausbrechen. Ist aber schon ein bisschen viel für mich. Also gut, kichern geht wohl.

»Originelle Idee, aber erlaubt Ihr Chef das?«

»Keine Ahnung, ist mir egal. Jetzt bringen wir erst mal Ihr Pferd in den Stall.« Schon droht ein Lachanfall. Ich muss noch eins draufsetzen.

»Er ist aber Moslem, ein richtiger Araber. Darf er dann ins Kloster?«

»Sie haben wohl zu viel Sonne abgekriegt?«

Kritisch mustert mich mein Retter von der Seite und schüttelt sein schütteres Haupt. Okay, jetzt reiß dich aber mal zusammen. Du musst es dir ja nicht gleich mit jedem verderben, der dir hilft. Da dreht der Mönch sich um und grinst mich an.

»Er heißt ja hoffentlich nicht Allah oder? Sonst müssten wir die beiden wohl trennen.«

Wir nehmen den Schimmel mit in die Hütte. Ein biblisches Bild: Stall mit Pferd und Hund statt mit Ochs und Esel und natürlich ohne Jesus.

»Haben Sie auch Jesus hier oder nur Gott?«

»Jesus hängt nur tagsüber hier herum, nachts ist er draußen.«

»Sie tragen das Kruzifix nachts nach draußen?«

»Nein, Jesus ist eine Fledermaus, die ich aufgezogen habe, nachts geht er jagen.«

Okay, ich dachte schon, ich hätte einen merkwürdigen Haushalt, aber gegen das hier ist er ja geradezu spießig.

Die Hütte ist wenigstens klosterlike. Spärlich eingerichtet, aber sauber, wenigstens solange mein Schimmel sich benimmt. Wir streuen etwas Sägemehl in eine Ecke und schon mampft mein Pferd sein Futter weiter.

»Vielen Dank für die Hilfe, das hätte mich böse erwischt.«

Ich habe meinen Satz kaum beendet, da geht es draußen richtig los. Hier drin fühle ich mich sicher, sogar der Schimmel grunzt zufrieden. Dann legt er sich zum Schlafen hin. Ich finde jetzt die Zeit, meinen merkwürdigen Gastgeber genauer zu betrachten. Eigentlich sieht er nicht so aus, wie man sich einen Einsiedler vorstellt. Er sieht nicht verwahrlost aus und schlecht riechen tut er auch nicht. Ich frage ihn, ob ich mich hier irgendwo waschen kann. Wieder dieses Grinsen.

»Die Dusche ist draußen. Selbstverständlich werde ich nicht hinschauen.«

Meint der das ernst? Ich soll, in diesem Sturm, nackt zwischen den Klostermauern herumrennen? Nein danke! Er muss ja schließlich den Geruch aushalten. Aber da es mittlerweile sowieso stark nach Pferd duftet – der Schimmel ist nochmal kurz aufgestanden – wird ihn mein Duft kaum stören.

Ich mach' erst mal den Boden sauber und frage ihn nach einer Schüssel. Wozu, will er wissen. Ich muss nicht duschen, ich kann mich auch nur waschen. Eine Schüssel und Seife tun's auch.

Wohin soll es denn morgen gehen, will der Mönch nun von mir wissen.

Ich will ans Meer.

Warum, ist seine nächste Frage.

Es ist mein Traum, einmal am Strand mit meinem Schimmel entlang zu galoppieren.

Ich weiß, das klingt so unglaublich, wie es ist.

Einmal mir meinen Traum erfüllen, ohne an andere zu denken. Ohne Rücksicht auf Gefühle. Nur für mich. Der pure Egoismus nach Jahren des Daseins für alle anderen. Nach Jahren des Sorgens und Umsorgens, des Kümmerns und des Zurückstellens der eigenen Bedürfnisse, die ich so weit nach hinten gestellt hatte, dass ich schon fast vergessen hatte, dass es sie gibt. Jetzt will ich einmal im Leben allein sein, ohne Abhängigkeiten. Ich will keine Gewissensbisse haben, keine Tränen vergießen, keine Panik entwickeln.

Flucht und Angriff des Lebens sind eins. Die Skrupel

packe ich da hin, wo einst meine Bedürfnisse vor sich hindämmerten – ins letzte Eck.

Und dann will ich nur noch eins: weg, weg, weg.

Aber das sage ich natürlich nicht. »Weil ich will«, antworte ich, »und weil ich es kann.«

»Aha!«, ist die Antwort. Na, das entwickelt sich ja zu einem munteren Geplauder. Aber wie soll ich denn erklären, was ich selber nicht verstehen kann? Dass ich wirklich gegangen bin.

Seine Augen mustern mich ruhig. Das macht mich unruhig.

»Ich würde mich gerne ausruhen.«

»Na klar, leg dich hin. Schlaf gut, du hast ja noch was vor dir oder hinter dir – vielleicht sogar beides.«

»Bleib noch, ich bin zu viel allein«, bittet mich der Mönch völlig überraschend am nächsten Morgen. Ich habe fest geschlafen, mein Schimmel wohl auch. Die Augen blitzen hellwach, er ist bereit zu gehen, wohin ich ihn lenke. Und ich? Weit bin ich noch nicht gekommen, der Schwarzwald ist zu nah, um zu bleiben. Aber ich habe ja Zeit, warum die Eile. Der Mann interessiert mich. Er wartet noch auf meine Antwort.

»Einen Tag kann ich bleiben, aber nicht länger. Der Schimmel kann einen Tag Pause vertragen.«

Verächtliches Schnauben ist der Kommentar. Ich kann weiter, schieb mich nicht vor! Naja, ich fühl' mich hier wohl, ich bleibe. Das Gewitter ist weg, so als ob es nie da war. Blitzeblank ist alles. Ein leichter Dunst überzieht die alten, morschen Mauern, wildromantisch und mystisch, wunderschön und still.

Ich baue dem Schimmel eine kleine Koppel, er grast zufrieden. Es wundert mich, dass er die anderen Pferde nicht zu vermissen scheint. Er ist ein Abenteurer, endlich auf der Reise. Er kann endlich zeigen, was in ihm steckt. Hoffentlich bleibt das auch nach den zweiten hundert Kilometern so, den dritten und vierten, bis an unser Ziel.

Hunger habe ich jetzt auch. Der Duft nach Brot liegt in der Luft. Der Tisch ist gedeckt. Ich kann noch einiges von der netten Bäuerin beisteuern. Immer noch bin ich beschämt über mein aufgeblasenes Verhalten. Komme ich denn nie davon los, mich zu rechtfertigen? Wann ist das gegessen, endlich vorbei …

# 6

*Diese Frau mit ihrem herrlichen Schimmel tauchte wie aus einem Kitschfilm bei mir auf, sie war einfach da. Eigentlich keine Schönheit. Eine gut erhaltene Mittvierzigerin. Aber bei ihrer Aura, da heißt es aufpassen. Energie und Wut vibrieren um sie herum, beinahe greifbar. Aber sie macht keinen aggressiven Eindruck. Es ist ihre ganz private Wut, nicht für andere bestimmt, nur vielleicht aus Versehen, wenn man ihr zu nahe kommt. So wie das Licht eigentlich nicht die Motten verbrennen will.*

*Sie ist eins mit ihrem Pferd, so etwas habe ich noch nie erlebt. Diese beiden verstehen sich blind. Sie ist so voller Rätsel, dass ich sie einfach bitten muss, zu bleiben. Tatsächlich bleibt sie einen Tag und eine Nacht. Und verändert alles, einfach im Vorbeireiten.*

*»Willst du ankommen oder verlassen?«, möchte ich von ihr wissen.*

*Doch das geht mich nichts an – sie kann ganz schön aufbrausend werden. Also vielleicht bin ich doch lieber nicht so direkt. Was ist bloß der Grund für diese Reise?*

*Eigentlich will ich mich doch nicht mehr für andere Schicksale interessieren, ich muss mit meinem eigenen zurechtkommen.*

*Nein, ich wollte nicht von Kindesbeinen an in einer Ruine im Schwarzwald mit einem Hund namens Gott und einer Fledermaus namens Jesus leben.*

*Ich hatte mal ein normales Leben. Mit Job, Frau, Wohnung und dem ganzen Programm.*

*Angefangen hat das ganze Chaos bei einem völlig normalen Spaziergang mit Gott, der zu dieser Zeit noch anders hieß. Es war ein wunderschöner Herbsttag, ein goldener, frischer und vor allem ein windstiller!*

*Wir waren schon eine Weile unterwegs, als uns plötzlich ein Geist begegnete.*

*Der Hund machte eine Vollbremsung und auch ich konnte mich nicht mehr bewegen.*

*Ein Windhauch zog von der Seite her über ein Kornfeld und bog die harten Halme zu Boden, nur auf einem Streifen von einem Meter Breite.*

*Auf dem Weg blieb der Windhauch stehen.*

*Dann stieg er in den Himmel und war fort.*

*Ich weiß auch, wie das klingt. Mein Hund schüttelte sich und lief weiter.*

*Mir war seltsam zumute. Hund müsste man sein.*

*Was war das? Ein Naturphänomen?*

*Ich Trottel habe nichts Besseres gewusst, als es meiner Frau zu erzählen. Der Blick wird mir ewig im Gedächtnis bleiben. Mitleid, Misstrauen, Verunsicherung, aber keine Spur von Glauben oder Liebe.*

*Also nichts wie los zum Pfarrer, aber der lachte mich aus. Für Wunder sei die Kirche zuständig, da sollte ich mich mal raushalten! Ich konnte nicht anders, ich erzählte es jedem, aber keiner glaubte mir. Ich konnte nicht mehr schlafen, nicht mehr essen und ich hörte die Leute hinter meinem Rücken munkeln, dass ich verrückt geworden sei. Der Stress bei der Arbeit halt. Burnout sagte mein Arzt, nachdem ich Büro umgekippt war. Kur im Kloster, schlug er vor. Schweigen, statt sich um Kopf und Kragen zu reden.*

*Ich war dort, es tat mit gut, aber ich kam nicht davon los. Ich wollte, dass mir endlich jemand glaubte. Ich konnte es meiner Frau nicht antun, wieder davon anzufangen. Also tat ich so, als ob alles wieder gut wäre. Aber ich zerbrach daran.*

*Eines Tages ging ich los und kam nicht zurück. Ich nahm nur die Kutte aus dem Kloster und meinen Hund mit. Ich zog los, um Glauben zu finden und nannte meinen Hund Gott, damit ich mir nicht blöd vorkam, wenn ich mit Gott sprechen wollte. Schließlich war der ja – laut dem Pfarrer – für so etwas zuständig.*

*Mein Weg führte mich zu den verlassenen Klostermauern mit der relativ gut erhaltenen Hütte, die an der Innenseite angebaut worden war. Da blieb ich einfach und wurde, warum auch immer, von den Einheimischen freundlich versorgt. Wie einst die Bettelmönche im Mittelalter.*

*Ich konnte den ganzen Tag über meine überirdische Erscheinung nachdenken, überlegen, was sie mir sagen wollte und warum ich diesen Geist getroffen hatte.*

*»Warum lebst du hier?« Die Frage riss mich aus meinen Gedanken.*

*»Ich habe einen Geist gesehen.«*

*Völlig überrumpelt sage ich einfach die Wahrheit, erzähle ihr die ganze Geschichte.*

*»Ja und?«, fragt sie.*

*»Was, ja und? Geister gibt es nicht, ich bin verrückt, sagen die Leute. Ich kann es ihnen nicht verdenken.«*

*»Hast du ihn gesehen oder nicht?«*

*»Ja natürlich.«*

*»Dann war er auch da.«*

*Sprach's und stand auf, lässt mich völlig verdattert zurück. Was war das denn jetzt? Jahrelang suche ich nach jemandem, der mich nicht für verrückt hält und da taucht sie auf einmal auf. Steht auf und geht!*

*»Halt! Stopp! Bleib da! Hast du auch schon einmal einen Geist gesehen?«*

*»Gesehen nicht, aber gespürt.«*

*»Erzähl mir davon!«, bitte ich sie.*

*»Nein, lass mich!«*

*»Es ist so wichtig für mich, bitte!«*

*Entschieden schaut sie mich mit großen Augen an.*

*»Aber nicht für mich. Schluss.«*

*Alles Bitten nutzt nichts. Blitzschnell hat sie ihre undurchdringlichen Schutzschilde hochgefahren, ich pralle einfach daran ab. Ihr Blick wird hart, ihre blauen Augen fast grau vor Abwehr. Nur für den Bruchteil einer Sekunde kann ich einen Blick auf den Schmerz in ihren Augen werfen, bevor der Vorhang fällt. Ich erschrecke davor und lasse sie gehen.*

# 7

Na super, jetzt muss ich doch wieder darüber nachdenken. Eine Flucht ist zwecklos. Egal wohin ich gehe, meine Probleme begleiten mich.

An dem Tag, an dem mein kleiner Sohn starb, blieb seine Seele noch ein bisschen da.

Der Seelsorger vom Roten Kreuz und ich saßen fassungslos im Schlafzimmer, als wir es beide spürten.

»Jetzt ist er weg«, sagte der Mann, »wir haben ihn nicht halten können.«

Nie wieder werde ich anzweifeln, dass jemand einen Geist gesehen hat. Es sind Seelen, die manchmal noch ein wenig bleiben, wie lange, ist ungewiss. Warum glaubt ihm denn keiner? Das weiß doch jeder. Aber weil das ja jetzt nun mal wieder mit Sterben und Tod zu tun hat, leugnet das lebende Volk alles. Der arme Mönch! Aber ich will das jetzt nicht.

Also gut, ich habe doch Besserung gelobt. Ich gehe

also zu dem irritierten Mönch zurück und setze mich neben ihn.

»Du machst dasselbe durch wie ich. Du bist auf der Suche nach Antworten auf alle Fragen. Du hast ein Ziel und weißt nicht, wie du dahin kommen sollst. Es gibt die Möglichkeit zu warten, dass die Lösungen zu dir kommen, oder du läufst los und gehst sie suchen. Leicht zu verwechseln mit Davonlaufen. Das tun wir beide auch irgendwie. Es kommt auf den Blickwinkel an. Kennst du das? Dir fällt ein Name, eine Melodie, ein Filmtitel oder Ähnliches nicht mehr ein. Du zermarterst dir das Hirn und es fällt dir nicht ein. Wie ein trotziges Kind versteckt es sich. Du gibst irgendwann auf, gehst weg. Dem Kind wird das Versteckspiel zu langweilig und – schwupps – steht es mitten im Raum. Deshalb ist es ein guter Plan, sich auf den Weg zu machen und so zu tun, als ob man etwas ganz anderes vorhat, zum Beispiel davonzurennen.«

»Willst Du zurück?«

»Ich weiß nicht ob mich mein altes Leben zurück will. Sie haben mir alle nicht geglaubt, mich ausgelacht.«

»Was hast du denn erwartet? Du willst, dass sie deine Sicht der Dinge respektieren, dann tu es auch bei ihnen. Es ist nicht so wichtig, dass alle dasselbe wissen. Du weißt, dass es Geister gibt. Andere wissen, wie man binomische Formeln rückwärts löst. Und wenn sie ständig darüber reden, nervt das jeden.«

»So einfach ist das bei dir?«

»Ja.«

Nett sein stresst mich, ich will weiter, aber es ist schon spät. Ich muss noch eine Nacht bleiben, auch wenn ich eigentlich genug vom Reden habe. Ich will nicht mehr reden und denken.

Es zieht mich zu meinem Schimmel. Er ist ausgeruht und voller Tatendrang. Morgen geht es weiter.

Als ich am nächsten Morgen aufwache, bin ich fast allein. Gott und der Mönch sind fort. Nur Jesus hängt müde von der Nacht und seinen Abenteuern an seinem Platz. Ich hoffe, dass der Geisterseher seine Antworten finden wird.

# 8

Es ist heiß. Ich konnte diese riesige Ebene noch nie leiden. Sie ist öde und voller hässlicher Industrieanlagen. Der Schwarzwald liegt hinter uns und mit ihm die Kühle und das frische Wasser der kleinen Bäche. Der Rhein ist schon zu erkennen, fließt träge vor sich hin. Wir sind schlapp von der Hitze, die Luft flirrt, mir tun die Knochen weh.

Der lange Ritt beginnt seinen Tribut zu fordern. Auch der Schimmel scheint lustlos. Es fällt mir immer schwerer, nicht zu denken. Es ist einfach zu langweilig hier.

Aber dann macht sich ein neuer Gedanke breit: Wie kommen wir denn über den Fluss? Die Brücken sind für Autos oder die Eisenbahn. Fußgängerbrücken haben Treppen. Gar nicht gut. Gibt es überhaupt so große Fußgängerbrücken? Fähre? Pferd und Fähre? Nehmen die uns mit?

Ich brauche dringend eine Pause. Ich finde nicht mal

Schatten in dieser Gegend. Dann muss es halt ohne gehen. Mücken umschwärmen uns und geben keine Ruhe. Mein Heldenmut sinkt und ich fühle mich jämmerlich. Aber bis jetzt hatten wir Glück. Da musste ja auch mal ein Tief kommen.

In der Ferne sehe ich wieder ein kleines Wäldchen, ein paar einzelne Bäume. Dorthin lenke ich uns. Endlich Schatten. Ich nehme dem Schimmel den Sattel ab. Er beginnt wie immer sofort zu fressen. Eigentlich habe nur ich miese Laune. Er scheint zufrieden mit seinem Leben.

»Wie machst Du das nur?«, frage ich ihn.

Seine großen Augen betrachten mich nachdenklich. Und wieder stellt sich mir die Frage, wie ein Tier wohl denkt, denn es hat doch keine Worte. In Bildern zu denken ist schwierig.

Ist es so wie träumen?

Als ich am Aufwachen bin, steht ein grantiger Mann vor mir. Noch bevor ich richtig wach bin, schimpft er schon los und erzählt mir etwas von einem großen Schaden.

Moment, wo ist denn mein Schimmel? Ich bin einfach weggedöst und mein weißer Held hat sich zum nächsten Haferfeld begeben und die Qualität geprüft.

Langsam klären sich meine Gedanken und ich lasse den Mann fertig schimpfen, schaue ihn nur kalt an. Funktioniert! Langsam geht ihm die Puste aus. Den Trick hab ich aus einem Win-Garano-Krimi. Ich schaue mir mein

Gegenüber genauer an. Eigentlich ist er merkwürdig angezogen für einen Bauern bei der Feldarbeit. Was sollte er denn sonst hier tun?

Langsam tropft eine Erinnerung in mein Bewusstsein. Ein Älbler ertappt ein paar Stuttgarter dabei, wie sie auf einem Kornacker Feldblumen pflücken. Er fängt an so laut zu schimpfen wie er nur kann, auf schwäbisch. Die Stuttgarter sind verstört und drücken dem Erzürnten einen Geldschein zur Beruhigung in die Hand. Dieser Geldschein wird im Dorfgasthof, in dem ich mein Taschengeld aufbesserte, verflüssigt, alle im Gasthof bekommen die Geschichte zu hören.

Einer sagt: »Aber Du hast doch gar keinen Acker!«

»Das haben die Stadtdeppen doch nicht gewusst!«

Einen Versuch ist es jedenfalls wert.

»Der Acker gehört meinem Onkel! Was mischst du dich ein? Wer bist Du überhaupt? Ich kenne dich nicht. Was ist das für eine Art, einfach so herumzuschnauzen. Was geht dich das an?«

Der Mann macht einen Schritt zurück – gewonnen! Meine Laune verbessert sich.

»Das konnte ich ja nicht wissen!«

Er trollt sich.

Ich hole meinen Schimmel, der am Rand des umstrittenen Feldes mit dicken Backen kaut. Viel hat er jedenfalls nicht kaputt gemacht. Ein wenig wackelige Knie habe ich jetzt schon. Was hätte ich nur gemacht, wenn er mich im Stich gelassen hätte, wenn er einfach weggelaufen wäre? Ich muss besser aufpassen. Aber ich bin wieder voller Energie. So ein gewonnener Streit ist schon belebend. Also jetzt zur Fähre. Ich bin zuversichtlich, wird schon.

# 9

Schon der Anblick der kleinen Fähre in Richtung Frankreich löst bei meinem Schimmel Panik aus. Nicht mal in die Nähe der Fähre will er. Also sitze ich fest. Erst mal nachdenken. Doch die Brücke? Lastwagen, Autos, Busse – alles Todfeinde, genau wie die Fähre. Der Kapitän lacht mich aus. Ich sehe immer wieder seine weißen Zähne durch die Windschutzscheibe aufblitzen, laut heult der Schiffsmotor auf. Wenn ich am Zügel ziehe, verwandelt sich mein edles Ross in einen störrischen Esel. Die Vorderbeine fest in den Boden gestemmt, die Ohren genervt nach hinten gelegt. Beim Tauziehen verliere ich, also erst mal Pause.

»Er hat Angscht, ned?«

»Er ist wohl eher für die Wüste und nicht fürs Wasser?«

Die Fragen wiederholen sich, Mal um Mal, leichte Variationen inbegriffen, manchmal spöttisch, meist mitleidig. Mein Schimmel und ich, wir sind eine willkommene

Abwechslung für die wartenden Autofahrer. Stunden vergehen und ich werde wohl für die Nacht hierbleiben. Die Fähre macht Feierabend. Der Motor geht aus und der Fährmann kommt auf mich zu. Hoffentlich hat er sich gut amüsiert. Aber ich tue ihm unrecht, er will helfen.

»Ich mag, dass Sie ihr Pferd nicht schlagen«, sagt er. »Manche Reiter verbinden den Tieren die Augen und prügeln sie dann an Bord.«

»Er ist mein Freund, ich finde schon einen anderen Weg.«

»Ich habe eine Idee! Ich lasse den Motor aus, dann geht er vielleicht auf das Schiff. Dann werde ich ablegen. Wenn wir ein Stück auf dem Fluss sind, werde ich den Motor anmachen. Der läuft weiter draußen ganz ruhig, wenn ich nicht bremse und er im Gegenschub arbeitet. Wir lassen uns viel Zeit und werden langsam fahren. Ich kann drüben auch ruhig anlegen. Ich habe Feierabend, es kommen keine Autos mehr an Bord. Ich habe keine Eile.«

Ich bin sprachlos, fast jedenfalls.

»Danke, versuchen wir's!«

Zögernd und misstrauisch, Huf vor Huf nähert sich mein Schimmel der nun ruhig liegenden Fähre. Sein Huf kommt auf das Metall der Rampe. Es klirrt. Rückwärtsgang. »Das kannst du, das ist wie Anhänger fahren, nur ohne Dach«, flüstere ich ihm ins Ohr. Das mag ich aber auch nicht, murrt er mich stumm an. Aber meine Beharrlichkeit siegt. Er stelzt mit steifen Beinen und schwitzend auf das Boot. Wenn ich gläubig wäre, würde ich jetzt beten. Da fällt mir der Hund mit dem gewagten Namen ein und ich muss grinsen. Meine Anspannung löst sich, der Schimmel atmet tief aus und schnaubt, dass die Tröpfchen fliegen.

Der Fährmann legt ab und es gibt kein Zurück mehr. Der Motor beginnt leise zu brummen, der Schimmel steht breitbeinig auf dem Deck, wie ein alter Seebär. Langsam nehmen wir Fahrt auf, die Luft ist frisch auf dem Fluss und tut uns nach der Hitze gut. Es scheint zu klappen, fast scheint er es zu genießen. Endlich kommt er vorwärts, ohne sich zu bewegen.

»Ich glaube, wir schaffen es!«

Wieder blitzen die weißen Zähne des Kapitäns auf. Sie erinnern mich an die schönen Zähne von meinem Freund. Ich vermisse ihn. Sobald ich nicht genau aufpasse, kommen die Gedanken wie Ratten aus den Löchern gekrochen und nagen an mir. Weg damit, auf den Schimmel aufpassen! Der schaut nun interessiert auf das Ufer.

»Vielleicht nehmen Sie ihm lieber den Sattel und das Gepäck ab, bevor wir in Ufernähe sind. Nicht dass er noch ein erfrischendes Bad nehmen möchte, dann wird alles nass!«, ruft der Fährmann.

Und recht hat er, runter damit. Da hätte ich auch selbst drauf kommen können. Vor lauter Grübeln vergesse ich noch die wichtigsten Dinge.

Jetzt wird es spannend, die Motoren werden langsam lauter, wir bremsen, der Schimmel tanzt. Und es wird ihm doch zu viel, er rutscht aus und stürzt. Verzweifelt versuche ich ihn zu halten, aber er gerät in Panik und springt mit einem gewaltigen Satz ins seichter werdende Wasser. Die letzten Meter schwimmt er an Land. Er hat es geschafft, aber er stürmt davon, denn die Fähre kommt jetzt immer näher, für ihn ein brüllendes Monster. In Ufernähe schaltet der Kapitän die Maschine aus. Ich springe von Bord in den Schlamm, renne hinter dem Schimmel her. Die Gedanken überschlagen sich. Was mache ich denn jetzt, wenn er sich verletzt, wenn er einen Unfall verursacht, wenn er mich verlässt? Ein paar Meter von der Anlegestelle entfernt, bleibt er dann stehen, unschlüssig, wohin er ohne mich gehen soll.

Die Erleichterung treibt mir die Tränen in die Augen. Ich drücke meine Stirn gegen seine. Er schnaubt und sprüht mir wie üblich kleine Rotztröpfchen ins Gesicht. Man muss sein Tier schon lieben, denke ich, während ich mir das Gesicht mit dem Ärmel abwische. Dann untersuche ich meinen tropfenden Freund. Alles scheint unversehrt. Dann hebe ich seine Hufe auf. Die Katastrophe folgt auf dem Fuß. Das Eisen hinten links ist halb abgerissen. Es wackelt. So kommen wir nicht mehr weit, ich brauche Hilfe.

Was heißt denn nun Hufschmied auf Französisch? Da muss jetzt wohl der Fährmann nochmal ran. Immerhin ist er ja Grenzgänger. Aber er ist natürlich auf der Fähre, wie mein Sattel und meine anderen Sachen auch. Sobald es Richtung Fähre geht, mutiert der Schimmel sofort wieder zum Esel. Also keinesfalls nochmal in diese Richtung.

# 10

*Weg sind die zwei. Na, die werden wohl noch einmal wiederkommen müssen. Ich habe ja noch ihr ganzes Zeug. Hoffentlich findet die Schimmelreiterin ihren verrückten Gaul wieder. Ich warte mal ein bisschen und wenn sie kommt, trage ich ihr das Gepäck von Bord.*

*Wo bleibt sie denn nur? Ich geh besser mal los und schau nach ihr. Nach der ersten Kurve, hinter der Anlegestelle der Fähre, finde ich die beiden. Einer nass, die andere ein wenig verzweifelt. Ich bin eigentlich kein Samariter. Aber die zwei sind schon was Besonderes. Das spüre ich. Deshalb kann ich nicht anders, als mich um sie zu kümmern.*

*»Wo ist das Problem?«*

*»Ich kann meine Sachen nicht holen! Er will nicht mehr zum Fluss, könntest Du …?«*

*Die Anrede hat gewechselt, alles andere wäre zu fremd.*

*»Und was ist noch?«*

*»Er hat sich ein Eisen abgerissen. Ich brauche einen Schmied. Wir können sonst nicht weiter.«*

*»Jetzt komm erst mal mit. Ein paar Meter wird unser Held ja noch schaffen. Ich wohne nicht weit von hier. Ihr könnt erst mal bleiben, morgen sehen wir weiter.«*

*Kavalier, der ich plötzlich bin, schleppe ich den Sattel und die Satteltaschen von Bord, hole mein Fahrrad und bringe ihr das Zeug. Sie legt sanft den Sattel auf den kräftigen Rücken des Schimmels und wirft ihm die Satteltaschen über.*

*Verlegen bin ich selten, aber was soll ich sagen? Ich finde sie einfach unwiderstehlich. Ich will sie so lange wie möglich bei mir behalten. Also sage ich ihr, dass es wohl eine Weile dauert, bis ein Schmied Zeit hat. Es ist gelogen, ich kenne keinen Schmied. Warum sollte der sich keine Zeit für einen einzigen Huf nehmen?*

*Aber ich habe die Rechnung ohne ihren Willen gemacht. Sie nimmt mein Telefon, findet selbst einen Schmied, der sofort Zeit hat. Sie spricht fließend Französisch und wickelt charmant den armen Kerl von Schmied verbal um den Finger. So ein Mist, er kommt so schnell er kann, heute noch.*

*Sie kann also bald weiter …*

# 11

Der Schmied ist für den Schimmel ein Fremder. Er will nicht, dass ein Fremder ihn anfasst.

»Ich hebe selber auf«, biete ich ihm an.

»Non, ich kann so nicht arbeiten«, antwortet er.

Ein netter Kerl, ruhig, freundlich, macht keinen Stress.

Aber der Schimmel will keinen anderen Schmied, nur den einen duldet er. Glücklicherweise auch meinen Lieblingsschmied. Ein bisschen eigensinnig – aber gut. Ich finde unseren Lieblingsschmied gut aussehend, sympathisch, herzensgut. Ein Mann fürs Auge, nichts für mich. Aber meine Pferde mögen ihn alle.

Den Franzosen bringt mein Schimmel zur Verzweiflung. Nach jedem Schlag mit dem Hammer reißt er den Huf weg und knallt ihn auf den Boden. So endgültig, als ob er ihn nie wieder heben will. Will er auch nicht, aber es muss sein. Ich will weiter und vor allem weg von dem Fährmann mit den schönen Zähnen. Er ist wirklich nett, aber er schaut mich begierig an. Ich will nicht undankbar sein. Aber ich ekle mich vor der Berührung anderer Männer. Es gibt nur den Einen. Falls es ihn noch für mich gibt, wenn die Reise vorbei ist.

Zum ersten Mal denke ich an den Schluss, an das Ende des Abenteuers und was dann sein wird. Weg damit, erst einen Schritt, dann erst der nächste. Sonst ist es zu viel für mich. Ich scheue zurück wie mein Schimmel vor dem fremden Schmied. Dieser richtet sich nun verschwitzt auf. Er hat es geschafft.

»Nicht böse sein, aber das nächste Mal frag' jemand anderen!«, brummt er, als ich ihn bezahlen will.

Ich denke, diesen Wunsch kann ich ihm problemlos erfüllen. Er winkt ab, als ich ihm das Geld geben will. Er will kein Geld, sondern nur, dass ich nicht wiederkomme.

Er wünscht mir, dass ich schaffe, was auch immer ich vorhabe.

»Kauf deinem Schimmel etwas zu fressen und dir ein Zimmer mit Dusche.«

Ich rieche wohl nach dem Schlick des Flusses und nach vielen Kilometern Wegstrecke. Der arme Kerl. Nicht nur ein widerspenstiges Pferd, sondern auch noch eine übelriechende Besitzerin.

Was findet dann nur der Fährmann an mir?

# 12

*»Wo willst du denn noch hin? Warum nimmst du meine Gastfreundschaft nicht an?«*

*Ich bin beleidigt.*

*»Es tut mir leid, ich will dich nicht kränken. Aber ich bin tabu und das wirst du nicht respektieren. Ich will dankbar für deine Hilfe bleiben, deshalb gehe ich«, sagt sie.*

*Verdammtes Weib! Einfach toll, aber ich weiß, wann ich verloren habe.*

*»Ich bringe dich zu einem Hof hier in der Nähe. Die haben einen Reitstall und Zimmer zu vermieten.«*

*Resigniert führe ich sie hin.*

*Der Stall ist gepflegt, sie haben eine Box und ein Zimmer frei. Die Chefin ist fürsorglich und weiß, dass die Frau ihr Pferd nicht mehr aus der Hand gibt. Sie geht vor und zeigt ihr alles. Die Frauen verstehen sich und ich bin neidisch. Der verrückte Schimmel ist nun zufrieden. Ich bin überflüssig und will doch nicht gehen.*

*»Wie wäre es mit Abendessen? Ich verspreche auch, ganz brav zu sein«, versuche ich es noch einmal.*

*Sie schaut mich prüfend an, lächelt und nickt.*

*»Aber erst gehe ich duschen. Hol mich in einer Stunde ab.«*

*Dieser Wandel trifft mich wie ein Schlag in den Magen. Sie ist schön, ihr Haar ist lang und weizenblond. Ungebärdig wie ihr Pferd. Aber sie ist für mich tabu. Wie schade. Es ist eine neue Erfahrung für mich, schon vor dem Spiel zu verlieren, aber ich kann sie vielleicht deshalb mit anderen Augen sehen. Sie ist nicht nur eine Frau, die ich im Bett haben will.*

*Sie ist eine echte Geschichte und eine interessante noch dazu. Ich will sie hören und verstehen. Sie spricht erst nichts, wartet misstrauisch ab, ob ich wirklich brav bin. Bin ich. Dann erzählt sie mir von sich.*

*»Heute Nacht hatte ich einen merkwürdigen Traum. Ich schaute mir selbst die ganz Zeit mit wachsender Verzweiflung zu. Mein Exmann wollte mich wieder heiraten und ich hatte merkwürdigerweise nichts dagegen. Es war ganz selbstverständlich. Die Trauung sollte in München stattfinden. Davor sollten sich alle bei meiner Patentante treffen. Sie wohnt zwar eigentlich in Oberstdorf, aber gut. Die Wohnung war schwer zu finden. Man musste durch einen riesigen Verkehrstunnel laufen, ein richtiges Labyrinth voller Abzweigungen. Aber die Tochter meiner Tante führte mich. Die Wohnung war klein, voller Hochzeitsgäste und vollgestopft mit allerlei Krimskrams. Ich*

*kannte niemanden, außer meiner Tante, ihrem Mann und ihrer Tochter. Die Tochter hatte ein Hochzeitskleid für mich ausgesucht. Ein weißes, langes Kleid mit einer Blumenstickerei in Blau und Rot auf der Vorderseite. Ich war schlank und groß. Es passte wunderbar, aber es war, genau wie die dazugehörigen Socken, aus Frottee! Die Schuhe passten nicht über die Socken, so dass ich eben ohne Schuhe gehen musste. Mein Exmann hatte sich total verfahren und konnte die Wohnung nicht finden. Ich wurde nervös und war voller Sorge, dass er nicht rechtzeitig kommen würde. Die Trauung sollte mein ehemaliger Nachbar durchführen. Erstens war er Buchhalter und zweitens schon seit Jahren tot, aber obwohl ich mich darüber wunderte, war es so. Irgendwann war dann auch der Bräutigam da. Es konnte losgehen. Ich sah mich selbst vor dem Tisch stehen und konnte nicht fassen, was ich dort tat. Wieso war ich nochmal so verdammt dumm? Zwischen den Gästen sah ich auf einmal meinen Freund stehen. Sein Gesicht drückte so viel Schmerz aus, dass es mich fast umbrachte. Aber mein Hochzeits-Ich stand immer noch in diesem unsäglichen Kleid da und strahlte vor Freude. Dann kam die üblich Frage: ›Willst Du?‹ Und ich hörte mich fröhlich antworten: ›Nein.‹ Mein Exmann war brüskiert und fragte: ›Warum?‹ Zum Entsetzen der Gäste und zu meinem eigenen Entzücken sagte ich: ›Weil du ein Arsch bist!‹ Ich drehte mich um, raffte mein Frottee-Kleid und lief auf meinen Freund zu. Vor ihm angekommen kniete ich mich hin und nahm seine Hand. Er wich ängstlich zurück – er will nicht heiraten – und ich fragte ihn: ›Willst du mich nicht heiraten?‹ Erleichtert nahm er mich in seine Arme und sagte: ›Ja, niemals, bis an unser Ende!‹ Als ich aufwachte, tat mir alles weh vor Sehnsucht nach ihm.«*

*Dann schwieg sie wieder, als ob damit alles gesagt sei. Ich wollte erst lachen, aber ein Blick in ihr Gesicht hielt mich davon ab. Es war kalt und hart. Die blauen Augen wie Glasmurmeln. Sie ist wirklich tabu.*

*»So grausam bist du zu deinem Ex? Hat er es verdient?«*

*»Für mich schon. Andere sehen das vielleicht anders.«*

*Jetzt musste ich doch grinsen.*

*»Und deinen Freund liebst du so sehr, dass du ihn nicht heiraten willst?«*

*»Ja. Ich muss ihm vertrauen, mehr als ich manchmal zu schaffen glaube. Ich bekomme keine Sicherheit, kein Durchatmen, kein behagliches Zurücklehnen und Sicherheit, nichts von dem, was die Ehe bieten kann. Aber nur das zählt wirklich. Kein gemeinsamer Tag ist erzwungen durch eine Unterschrift, kein Tag selbstverständlich.«*

*»Klingt aber sehr anstrengend.«*

*Jetzt lacht sie leise.*

*»Was glaubst du, warum ich weggelaufen bin? Ich brauche eine Pause, ich will einfach mal weg.«*

*»Warum erzählst du mir das? Magst du mich vielleicht doch ein bisschen?«*

*Jetzt versuche ich doch mal einen kleinen Flirt und*

*drücke mein Knie gegen ihres. Da knallt mir auch schon die Tischplatte in den Bauch.*

*»Du bist der Fährmann, du hast mich auf die andere Seite gebracht. Das war dein Lohn, sonst nichts.«*

*Weg ist sie! Was für ein Temperament! Bevor mein Stolz mich davon abhalten kann, renne ich ihr hinterher.*

*»Warte, ich bin wieder brav. Bitte erzähl mir mehr! Wohin willst du?«*

*Immerhin ist sie jetzt stehen geblieben. Ich darf zumindest mit ihrem Rücken sprechen.*

*»Die machen hier eine wirklich gute Crème Brûlée.«*

*Treffer, sie dreht sich um.*

*»Verstehst du jetzt, warum ich nicht mit dir essen gehen wollte? Es läuft immer gleich. Ich bin dir für deine Hilfe wirklich dankbar. Aber ich habe einfach keine Lust mehr auf dieses ewig gleiche Spiel, Essen gegen Sex!«*

*»Ich habe es ja verstanden. Tabu. Es war die Macht der Gewohnheit.«*

*Kaum ist dieser Satz raus, verstehe ich auf einmal, dass sie recht hat. Ich erwarte eine Gegenleistung, obwohl ich sie um diesen Abend gebeten hatte. Es ist selbstverständlich für mich, dass sie sich wie eine Nutte verhält. Scheiße. So bin ich doch nicht. Ich bin ein netter Kerl, der eine Frau sucht. Trotzdem akzeptiere ich kein Nein, versuche es, obwohl sie gleich gesagt hat, was sie will.*

*»Du musst Respekt haben, uns ernst nehmen«, sagt sie.*

*Liest sie meine Gedanken?*

*»Nur dann wirst du genau das bekommen, was du suchst.«*

*Sie dreht sich um und geht.*

*Da höre ich mich schon wieder rufen: »Dann vielleicht auf dem Rückweg?«*

*Gott, was bin ich für ein Idiot!*

*Sie schüttelt nur den Kopf.*

*Traurig und resigniert geht sie.*

# 13

Eigentlich ein netter Kerl. Und vielleicht fängt er an zu begreifen, dass dieses Steinzeitgehabe von Männern nicht bei mir zieht. Egal, abhaken. Was habe ich erwartet? Ein Wunder? Und das ausgerechnet von einem charmanten Franzosen? Ich habe keine Lust auf Männer. Keine Lust mehr auf irgendjemand. Er hat mich enttäuscht. Warum habe ich es so weit kommen lassen? Ich wusste es doch schon vorher.

Ich nehme mir vor, in Zukunft niemandem mehr von meinen Träumen zu erzählen. Mal sehen, wie lange das klappt. Jetzt werde ich erst mal die Nacht in einem bequemen Bett verbringen. Auch mal wieder schön.

Davor gehe ich noch einmal in den Stall. Mein Schimmel liegt flach auf der Seite im Stroh und schnarcht, leise. Es geht ihm gut nach diesem anstrengenden Tag.

Jetzt lasse ich es mir gutgehen.

Das Zimmer auf dem Reiterhof ist sauber und bequem, das Bett eine weiche Wolke. Ich gönne mir den Luxus und dusche ein zweites Mal. Wer weiß, wann ich so etwas das nächste Mal tun kann. Das heiße Wasser spült den Zorn auf den Fährmann in den Abfluss. Entspannt sinke ich auf die weißen Laken und denke über die nächsten Tage nach.

Morgen passieren wir die Vogesen, dann geht es in Richtung Südwesten weiter, einmal durch ganz Frankreich.

# 14

Regen, Regen, Regen. Nichts als Regen. Der Schimmel lässt den Kopf hängen. Wasser tropft ihm von den hängenden Ohren; ab und zu schüttelt er genervt den Kopf. Der Regen rinnt an seinem Hals herunter und hinterlässt Schlieren im Fell.

Der Staub der vergangenen Kilometer hat sich mit dem Regen zu kleinen Matschbächen vereint. So eine Reise ist kein Schönwetterausritt, das gehört dazu.

Es ist schon der zweite Tag im Regen. Die letzte Nacht haben wir zwar trocken in einer Scheune in einem verlassenen Dorf verbracht. Aber unsere Sachen sind nass.

Die Regentropfen klatschen im Takt der Hufe auf den Weg. Immer mehr. Eigentlich habe ich keine Lust mehr. Was tue ich mir an? Was tue ich meinem Schimmel an? Er will auch nicht mehr. Seine Ohren hängen seitwärts, wie bei einem alten müden Esel. Was mache ich hier? Wie schön wäre jetzt ein warmes, trockenes, kuscheliges Sofa. Ich habe keinen Bock mehr auf dieses nasse, schmuddelige Wetter…

Aber wir sind schon zu weit weg von zuhause. Wir können nicht zurück, wir müssen weiter. Es wird Zeit für ein Quartier – ein trockenes Quartier für die Nacht. Ein Hinweisschild zu einer »Promenade Pony« taucht aus dem Regenschleier auf. Ein Ponyhof kommt mir gerade gelegen, eine Box für den Schimmel, eine Scheune für mich. Wir haben die Grenze seit drei Tagen hinter uns gelassen, die Vogesen überwunden und sind nun im Regen des Marne-Tals untergegangen. Ich weiß nicht mal, wie es hier aussieht, ich hebe den Kopf nicht mehr. Es liegen noch sechshundert Kilometer bis ans Meer vor uns. Eine Ewigkeit im nassen Sattel. Das ist in zwei Wochen zu schaffen, wenn es gut läuft. Aber heute will ich – wollen wir nicht mehr. Wir biegen in einen schlammigen Feldweg ein und ein grinsendes Pony auf einem Holzschild zeigt uns den Weg.

Ein verwahrloster Hof taucht vor uns auf. Unter normalen Umständen würde ich umdrehen. Aber heute? Vielleicht sieht es schlimmer aus, als es ist. Der Hof ist riesig. Es wird langsam dunkel und Zeit für ein Nachtquartier. Ich sitze ab und suche nach irgendjemandem, der hier zuständig ist.

Ich treffe auf eine dicke Frau.

»Kann ich für eine Nacht eine Box mieten und irgendwo schlafen?«

Ihr Gesicht ist stumpf, nicht interessiert.

»Ich gehe fragen«, sagt sie.

Immerhin. Dann winkt sie mich in den Stall. Er ist ungepflegt. Und es stinkt. Aber das Dach ist dicht.

»Hier, für dein Pferd«, sagt sie und weist meinem Schimmel eine Box zu.

»Wir haben Fremdenzimmer. Stell ihn ab, folge mir.«

Okay, klare Ansage. Ich stelle meinen Schimmel in die Box, trockne ihn ab, so gut es geht, besorge ihm noch etwas zum Fressen und dann folge ich der dicken Frau.

Das Ganze hier ist ein Albtraum. Mein Zimmer ist scheußlich. Die Tür ist tapeziert. Das Bett stinkt nach Urin. Meine Wolldecke kratzt und ist zu dünn. Aber trocken. Ich bin müde und schlafe ein.

Mit einem Ruck wache ich wieder auf.

Etwas stimmt hier nicht. Es ist schon hell. Ich höre Schreie und Schläge. Schnell in die Jeans und in den Stall. Mein Schimmel ist weg! Einen Moment bin ich wie betäubt. Ich kann es nicht fassen. Dann fange ich wieder an zu denken, zu hören und gehe dem Lärm nach.

In der Reithalle finde ich mein Pferd. Er ist voller Striemen, sein Maul ist blutig, die Flanken von Sporen aufgeschürft. Mir wird schlecht. Ich verliere die Kontrolle. Ein kleiner, widerlicher Mann sitzt auf seinem Rücken und versucht ihn zu reiten. Ich schreie irgendetwas laut und hasserfüllt, erwische den Zügel und zerre den Mann von meinem Pferd. Ich bin immer noch moppelig, wiege das doppelte wie er. Und das erste Mal nutzt mir das Gewicht.

Ich entreiße dem Widerling seine Gerte, werfe ihn auf

den Boden und schmeiße mich mit allem, was ich habe, auf seinen Rücken. Er ist immer noch völlig irritiert und wehrt sich nicht. Dann fange ich an, ihn zu schlagen. Er schreit. Ich schlage weiter mit der Gerte auf ihn ein, bis sie bricht. Dann drücke ich seinen Kopf in den staubigen Sand und hake mit den Fingern in seine Mundwinkel ein. Da er immer noch schreit, geht das einfach. Ich reiße den Mund nach hinten, bis ihm das Blut läuft.

»Was willst du?«, schreit er.

»Das sag ich dir die ganze Zeit! Verstehst du mich nicht?«, keuche ich.

»Nein!«

»Dann geht es dir wie meinem Pferd. Er hat dich auch nicht verstanden. Jetzt weißt du, wie sich das anfühlt.«

»Dein Pferd?«, kreischt er, »Ein Missverständnis! Ich dachte, es ist zum Beritt hier.«

»Jetzt wirst du eingeritten!«, brülle ich und fange wieder an, ihn zu schlagen.

Eine starke Hand stoppt meinen Arm. »Es reicht«, sagt eine ruhige Stimme. Sie gehört einem Polizisten. Langsam komme ich wieder zur Besinnung. Ich gebe auf.

»Bitte, ich möchte mich nur noch um mein Pferd kümmern, dann komme ich mit.«

»In Ordnung.«

Mir laufen die Tränen. Es zerreißt mir das Herz, als ich ihn sehe, die Augen weit vor Entsetzen aufgerissen.

Überall Spuren der Gewalt auf seinem weißschwarzen Fell.

Er weicht vor mir zurück, erkennt mich nicht mehr. Ich kriege seinen Zügel zu fassen und führe ihn in seine ekelhafte Box zurück.

»Es tut mir so leid.«

Mein Schimmel dreht mir das Hinterteil zu. Sein Vertrauen in mich scheint verloren. Er ist schweißüberströmt. Der Polizist und die dicke Frau, die ihn gerufen hat, stehen hinter mir.

»Ich kümmere mich um ihn und lass niemanden in seine Nähe«, versichert mir die Frau.

Ich muss ihr glauben, denn der Polizist nimmt mich sanft am Arm und führt mich zu seinem Auto.

Er schaut mich ernst an, als wir auf dem Revier ankommen.

»Ich verstehe Sie, aber wenn er Anzeige erstattet, muss ich Sie erst mal hierbehalten.«

Ich zittere inzwischen am ganzen Körper, meine Zähne klappern.

»Sie haben ja einen richtigen Schock. Ich hole einen Arzt.«

Ich habe keine Kraft mehr, um zu widersprechen. Der Arzt gibt mir eine Spritze. Ich fühle mich elend. Denn ich habe nun auch meinen letzten Freund im Stich gelassen. Ich konnte ihn nicht beschützen.

# 15

Als ich wieder zu mir komme, fühle ich mich wohlig und warm, entspannt und weich eingemummelt. Doch dann holen mich die Ereignisse im Stall wieder ein. Die Erinnerungen kommen zurück. Ich habe diesen widerlichen Zwerg verdroschen. Er hat meinen Schimmel verletzt, ihm das Maul blutig gerissen, ihm, der nie ein Gebiss im Maul spüren muss. Ich konnte ihn nicht beschützen.

Wut kocht wieder hoch. Das nennt der Kerl einreiten! Hat nicht mal bemerkt, dass mein Pferd alles kann, was es können muss, weil der Schimmel mein Freund ist. Ich richte mich auf und sehe mich um.

Das, was ich sehe, habe ich nicht erwartet.

Ich liege auf einem gemütlichen und vor allem trockenen Sofa unter einer Kuscheldecke. Was um Himmels Willen hat mir dieser Arzt gespritzt? Ich müsste doch eigentlich in einer miefigen, feuchten Zelle eingesperrt sein. Stattdessen habe ich es so gut, wie schon lange nicht mehr. Träume ich noch? Drogen?

Eine mollige und mütterliche Frau betritt das Zimmer und strahlt mich an: »Dem ham Sie es aber gegeben! Geht's wieder gut?«

»Danke, ja. Wo bin ich?«

»Mein Mann hat Sie hergebracht. Er ist hier Polizist. Ihrem Pferd geht's auch gut. Er ist noch auf dem Hof. Aber die Frau von dem Kerl, den Sie verpritscht haben, versorgt ihn gut. Sie ist gut.«

»Davon habe ich nichts gemerkt«, murmle ich.

»Glauben Sie denn, der schlägt nur Pferde?«, fragt sie streng.

»Sie ist eine einfache Seele, völlig unter seiner Fuchtel, sie wehrt sich nicht. Aber sie hat Respekt vor Ihnen und lässt Ihnen ausrichten, dass er Sie nicht anzeigen wird. Er hatte immer schon eine große Klappe, aber jetzt ist er ganz kleinlaut.«

Sie schüttelt sich vor Lachen. Ich kann es nicht fassen, ich soll ungestraft davonkommen?

»Alle im Dorf sind Ihnen dankbar. Denn jetzt ist er von einer Frau verhauen worden und alle lachen ihn aus. Jetzt kann er keine großen Töne mehr spucken. Eine Frau hat ihn eingeritten.«

Sollte dieses Männer-und-Frauen-Klischee-Theater mir doch noch mal einen Vorteil bringen? Soll ich mich dagegen auflehnen?

»Wie geht's jetzt weiter? Ich möchte nicht unhöflich

sein und weiß Ihre Gastfreundschaft zu schätzen, aber darf ich zu meinem Schimmel?«

Die Frau des Polizisten lächelt mich warmherzig an.

»Nichts anderes habe ich erwartet. Kommen Sie, wir können zum Ponyhof laufen. Es ist nicht weit.«

Tatsächlich kann ich den Horrorhof schon sehen, als wir aus dem Haus treten. Mir werden die Knie weich, ich habe Angst, ihn zu sehen und kann es dennoch nicht erwarten. Hoffen und Bangen halten sich die Waage. Wie wird mein Schimmel reagieren?

# 16

*Ich sehe die beiden Frauen auf den Hof zukommen. Er liegt im Bett und jammert. Endlich habe ich keine Angst mehr vor ihm. Er ist besiegbar. Ich sehe ihn an und sehe einen Wurm. Ich dachte damals, ich muss ihn heiraten. Ich bin dick und hässlich, keiner wollte mich. Den Reitlehrer fand ich passend, aber er übernahm nach unserer Heirat nicht nur meinen Hof und mein Geld, sondern auch noch meinen Willen. Am Anfang entschuldigte ich ihn sogar noch. Der Stress, der große Hof, die Geldsorgen. Da kann ein Mann schon mal ausrasten.*

*Warum eigentlich? Er ist einfach nur klein und muss sich beweisen, beweisen, dass er Macht hat.*

*Ich bin so dankbar, dass diese Frau mit ihrem Schimmel ausgerechnet hier vorbeikam. Beide haben Opfer bringen müssen für mich, ohne es zu wollen. Ich werde alles tun, um es wieder gutzumachen. Es tut mir leid und doch wieder nicht.*

*Ich habe dem Schimmel die Box frisch gemacht, ihm Futter angeboten, seine Wunden mit Salbe versorgt. Er hat mich an sich herangelassen, mit leerem Blick, stumpf, so wie ich mich nach seinen Schlägen auch gefühlt habe. Ich fühle mit ihm. Ich hoffe, er spürt mein Mitgefühl.*

*Wir haben dieselben Qualen gelitten, ich, dieser Schimmel und viele andere Pferde vor ihm.*

*Aber damit ist jetzt Schluss. Sie hat seinen Bann gebrochen. Ich verabscheue Gewalt, sie hat Gewalt gebraucht. Aber seine Gewalt war berechnend, grausam. Ihre Gewalt kam aus einem mitfühlenden Herzen.*

*Notwehr bleibt straffrei.*

*»Das wird sie mir büßen, ich zeige sie an!«, höre ich ihn schreien.*

*Ich gehe ins Schlafzimmer, da windet er sich in den Laken.*

*»Halt's Maul, sonst hol' ich mir die Sporen und reite auch noch eine Runde auf dir!«, fahre ich ihn an. »Du wirst sie in Ruhe lassen.«*

*Es funktioniert. Er wimmert, er bettelt.*

*»Nicht doch, ich habe überall Schmerzen. Hilf mir doch!«*

*Ich höre in mich hinein und auf einmal ist sie da, meine Antwort: »Du gehst morgen. Es ist mein Hof, ich will dich nie wieder sehen.«*

*»Dann bist du allein, du hässliche Kuh!«*

*»Du findest mich hässlich? Ich bin außen hässlich, das*

*stimmt. Aber du bist innen und außen hässlich, also bin ich schöner als du.«*

*Ich gehe hinaus und lasse ihn allein.*

*Wir drei stehen uns stumm gegenüber. Ich weiß nicht, was ich sagen soll. Es tut mir leid und es tut mir gut, sie zu sehen. Die warmherzige Frau des Polizisten und die Fremde, die mich befreit hat und ihr Pferd dafür leiden lassen musste.*

*Ich strecke ihr die Hand entgegen, sie nimmt sie.*

*Alles wird gut werden.*

# 17

Ich kann es nicht fassen.

Die dicke Frau streckt mir die Hand entgegen. Ich nehme sie. Warum bloß? Ich hatte bisher keine gute Zeit hier auf dem Hof. Aber sie tut mir leid, sie hat sich nicht gewehrt, war feige.

Wer bin ich schon, das zu verurteilen?

Wortlos gehen wir in den Stall. Es riecht besser, nach frischem Stroh, nicht mehr so beißend.

Mein Schimmel steht in einer sauberen Box, hat frisches Wasser und einen Berg frisch gemähtes Gras vor sich. Aber er frisst nicht, schaut mit leerem Blick auf die dreckige Wand.

Mir laufen schon wieder die Tränen. Ich will ihn streicheln, aber er weicht zurück. Sein Maul ist noch wund, aber die Frau hat ihm Salbe darauf geschmiert. Es wird wieder heilen. Die Striemen und blutigen Stellen von den Sporen auch.

»Du wolltest ihn nicht tragen. Es war dein Recht. Ich habe ihn bestraft für dich«, flüstere ich ihm zu.

Nichts. Die beiden Frauen stehen stumm neben mir, ratlos. Dann kommt Bewegung in die Polizistenfrau. Schweigend geht sie auf das Haus zu und kommt mit einer Decke zurück.

»Mach ihr was zu essen, bring es ihr in den Stall. Wer weiß, wann sie das letzte Mal was gegessen hat.«

Sehe ich schon schlanker aus? Das wäre ja mal ein Lichtblick.

Dankbar nehme ich die Decke, das Baguette, Käse, Salami und eine Flasche Burgunder an. Ich lege mich zu ihm in die Box, und esse so viel ich kann. Die Flasche Burgunder, gemischt mit den Resten der Spritze vom Arzt, tun ihr Übriges.

Ich schlafe ein.

Ich träume, ich will mich umbringen.

Als erstes versuche ich, mich aufzuhängen. Ich baumle eine Weile von der Decke, es wird mir ein bisschen schwindelig, sonst nix. Hat nicht geklappt.

Ich stürze mich von einem Hochhaus, der Flug ist lang und aufregend, die Landung hart. Ich stehe auf und bin langsam wirklich beunruhigt. Was stimmt mit mir nicht?

Ich beschließe, mich zu erschießen. Den Revolver setze ich gewissenhaft an die Schläfe und drücke sorgfältig ab. Ich spüre den Schlag und stelle fest, dass mit mir definitiv etwas nicht in Ordnung ist.

Ich gehe zum Arzt und erkläre ihm mein Problem. Er

untersucht mich gründlich und macht ein ernstes Gesicht. Mir wird mulmig. Er wiegt mit dem Kopf und sagt ernst: »Es tut mir sehr leid, aber sie haben einen Holzkopf.«

Er nimmt einen Föhn und bläst mir ins Gesicht.

Ich wache auf. Der warme Hauch des Föhns bleibt, es ist mein Schimmel. Er liegt neben mir im Stroh, schläft fest und schnauft mir seinen warmen Atem ins Gesicht.

Ich bin glücklich, er vertraut mir wieder so weit, dass er sich hingelegt hat. Ein Anfang. Er hat auch gefressen, nicht sein Gras, sondern mein restliches Baguette. Ich bin froh darüber. Der Morgen scheint trocken zu sein. Ich bewege mich ein wenig, mein Schimmel schreckt hoch.

Er sieht mich an, das Leben ist in seine Augen zurückgekehrt. Vorsichtig strecke ich meine Hand aus und berühre sein glänzendes Fell. Er schließt seine herrlichen Augen und atmet tief aus.

Er ist wieder da, wir sind wieder zusammen. Wir können weiter.

Es ist gut, dass ich ihn ohne Gebiss reite. Glücksrad heißt dieser Zaum, und Glück hat es mir schon mehrfach gebracht. Heute wieder, denn sonst säße ich hier fest. In sein verletztes Maul könnte ich kein gewöhnliches Gebiss einlegen.

Ich suche jemanden auf dem Hof und finde die dicke Frau. Sie füttert die Pferde und sieht ziemlich vergnügt aus. Sie lacht mir entgegen und ehe ich mich versehe, werde ich an ihren mächtigen Busen gedrückt.

»Du bist hier immer willkommen! Komm wieder, wann immer du willst.«

»Was bin ich dir schuldig?«

Sie hört auf zu lachen, wird ernst.

»Die Schulden, die ich bei dir habe, werde ich in hundert Jahren nicht bezahlen können. Ich wünsche dir, dass du dein Ziel erreichst und niemanden mehr wie uns triffst.«

Erneutes Drücken, Küsse auf die Wangen. Ich erkenne die Frau von gestern nicht wieder.

»Wo ist er?«, will ich wissen.

»Weg, weg, weg. Ich habe ihn rausgeschmissen.«

Sie fängt trotz ihrer Leibesfülle an zu tanzen.

»Es ist mein Hof und ich werde versuchen, vieles wieder gutzumachen. Den Tieren ein besseres Zuhause zu bieten. Ich habe viel Arbeit vor mir, aber richtig Lust darauf. Ich bin frei. Ich werde versuchen, jemand Gutes für die Pferde einzustellen. Geld ist da. Ich bin nur hässlich, nicht arm.«

»Du bist doch nicht hässlich, was für ein Quatsch, du strahlst. Die Menschen sehen doch nicht nur auf Äußerlichkeiten. Wir haben noch die anderen Sinne und Schönheit ist nicht nur was für die Augen. Und du bist jetzt stark und zuversichtlich. Mach nie wieder den Fehler, dich klein zu fühlen.«

# 18

Nachts ist es am schlimmsten. Meine Hand sucht ihn und er ist nicht da. Meine Hand greift ins Leere, Panik erfasst mich, warum tu ich mir das an? Ich hätte sicher noch ein paar Tage oder besser gesagt Nächte gehabt. Aber ich will meinen Traum leben. Und wenn es alles kostet, einmal will ich gewinnen, gegen mich, für mich, gegen alle Hindernisse. Diese Erinnerung werde ich als Trost, als Energiequelle, als Antrieb behalten. Ich werde alles andere verlieren, aber das werde ich als Erfolg verbuchen können.

Jeder Schritt des Schimmels bringt mich weiter, weiter weg und näher an mein Ziel.

Aber davor müssen wir noch durch Frankreichs Herz. Es ist ein schönes Herz, hügelig und weit. Weinberge und kleine Wäldchen wechseln sich ab. Das Licht ist golden. Huf vor Huf, unermüdlich und immer voller Energie durchquert mein Schimmel Burgund.

Die Einsamkeit der Landschaft spiegelt meine eigene Einsamkeit.

Mein Herz fühlt sich wund an. Jeder Schlag schmerzt, reibt sich an meinem Kummer. Einen weiteren Tribut muss ich dem Alleinsein zollen. Ich beginne, mit mir selbst zu sprechen. Banalitäten, dummes Zeug plappere ich vor mich hin und erschrecke darüber. Ich lüge mich an, tue so, als ob ich dem Schimmel alles erzähle. Aber ich merke, dass ich die Kontrolle verliere. Ich brauche einen Menschen zum Reden. Aber woher nehmen?

Und ganz ehrlich, nicht nur mein Herz ist wund. Eine Pause würde auch meinem Hinterteil ganz gut tun.

Ein weiterer Bauernhof, ein weiterer Reiterhof, mir graut davor. Ein paar nette, normale Menschen, das wäre jetzt schön.

# 19

Als ich an der kleinen Kirche vorbeikomme, öffnet sich die Tür und lärmend verlässt eine fröhliche, gut gelaunte, festlich gekleidete Hochzeitsgesellschaft diesen idyllischen Ort. Ich werde wütend und treibe den Schimmel schneller voran, ich will nicht in die glücklichen Gesichter schauen.

Meine Liste unerfüllter Wünsche holt mich ein. Ich will meinen Freund heiraten, mit ihm auf Hochzeitsreise nach Venedig fahren, endlich frei sein von quälenden, ständig belastenden Geldsorgen und ich will einen ganzen Stall glücklicher Hühner. Vielleicht schaffe ich wenigstens das mit den Hühnern noch mal. Den Rest kann ich vergessen.

Auf einem Hügel in der Nähe der Kirche halte ich an. Warum soll ich mich nicht ein bisschen quälen. Ich sitze unter einem Baum. Der Schimmel freut sich über eine unverhoffte Portion frisches Gras.

Als ich eine Stimme neben mir höre, zucke ich zusammen.

»Ein schönes Bild, nicht wahr? Ich könnte kotzen.«

»Der verstoßene Liebhaber, nehme ich an?«

Ich schau ihn von der Seite an.

»Und du? Vogelscheuche auf der Suche nach einem neuen Acker?«

»Sehr witzig.«

Genervt drehe ich den Kopf. Ich mag nicht hässlich genannt werden. Egal, ob es stimmt. Schon gar nicht, wenn mir das ein schöner Mann sagt.

Denn so ein Exemplar sitzt jetzt neben mir. Egal, ich stehe auf und will weiter.

»Warte, können wir noch mal anfangen?«

»Warum?«

»Ich bin sonst nicht so unfreundlich, aber du hast recht. Ich würde gerne da unten stehen.«

Er streckt mir seine Hand entgegen.

»Du willst einer Vogelscheuche die Hand schütteln?«, grummle ich, aber schon ein bisschen versöhnt.

»Vielleicht kann ich dich mit einem schönen Glas Wein milde stimmen?«

Das könnte ich durchaus vertragen. Ich rufe meinen Schimmel und folge dem Unbekannten.

Eine Weile laufen wir schweigend nebeneinander her.

»Was ist passiert?«, will ich wissen, »du bist…«, dann bleibt mir die Spucke weg.

Hinter dem Wäldchen, das wir gerade passiert haben,

erscheint ein großes Tor, eine lange, in elegantem Weiß geschotterte Auffahrt. Dann ein wunderschönes Herrenhaus. Mein Begleiter hält direkt darauf zu. »Da dürfen wir nicht rein!«, zische ich ihn an. Ich will keinen Ärger wegen eines frustrierten Liebhabers. Aber der lacht nur. »Ist meins, keine Sorge.«

Okay, ein weiterer Spinner auf meinem Weg, was soll's. Also folge ich ihm.

Auch dem Schimmel ist das nicht geheuer. Die bedrohlich aufgerichteten Löwen am Tor machen ihm Sorgen. Und da kommt auch schon der Ärger für unser Eindringen in Form des Hausmeisters auf uns zu.

»Lass uns verschwinden. Es gibt sicher anderswo ein Glas Wein.«

»Aber nicht so guten wie hier, jetzt komm schon.«

Lässig geht er auf den wartenden Mann zu.

»Kannst du bitte eine Box für den Schimmel und ein Zimmer für unseren Gast herrichten?«

»Gerne. Geben Sie mir bitte Ihr Pferd?«

Ich will eigentlich Nein sagen. Bloß nicht schon wieder ein Fremder, der mein Pferd nimmt. Aber ich bringe immer noch keinen Ton heraus.

Seitdem wir an den Löwen vorbei gegangen sind, schaut mein Schimmel freundlich drein. Wahrscheinlich entspricht das Ambiente endlich mal seinen Ansprüchen an Luxus für ein edles Ross.

Angeberisch und vergnügt tänzelt er neben seinem neuen Freund her.

Ich werde keines Blickes mehr gewürdigt.

»Hier entlang, meine Vogelscheuche.«

Das kriegt er nachher zurück.

Im Moment habe ich nur Augen für dieses herrliche Weingut. Es liegt auf einer kleinen Anhöhe, sanft fällt das Gelände hinter dem Haus ab. Die Weinberge beginnen gleich hinter der Terrasse. Die Luft flirrt in der Sommerhitze und es duftet nach Rosen. Ich muss wohl meiner Wunschliste noch einen Punkt zufügen – dieses Haus.

Mein Gastgeber kommt mit einem Glas Wein in der Hand auf mich zu und drückt es mir in die Hand.

»Hier, einer unserer besten Roten.«

»Es ist wunderschön hier. Danke für die Einladung«.

»Ich habe dir eines unserer Gästezimmer herrichten lassen, darf ich dich einladen, ein paar Tage hier zu bleiben?«

»Ich weiß nicht, ich muss eigentlich weiter.«

Aber er hört mein Zögern. Die Aussicht auf eine Nacht in einem bequemen Bett und eine ausgiebige Dusche ist schon verführerisch.

»Egal wohin du willst, mit einem ausgeruhten Pferd geht's sicher wieder besser. Ich würde schon gern wissen, was unter dieser Dreckkruste steckt, meine Vogelscheuche. Außerdem bin ich froh, wenn ich heute Abend nicht allein sein muss, bitte.«

Wer soll da schon widerstehen, ich werde schwach.

»Also gut, wenn es sein muss.«

Der Wein ist ein Gedicht, er entspannt mich mit seinem roten Samtaroma. Mein Misstrauen meinem Gastgeber gegenüber schrumpft mit jedem Schluck.

Wer so einen Wein anbaut, kann kein schlechter Mensch sein. Glaube ich jetzt einfach mal.

# 20

*Der Tag ist heiß und sonnig. Aber ich fühle mich wie an einem grauen Novembertag. Ich wollte es nicht glauben, nicht sehen. Trotzdem ging ich auf den Hügel, um Zeuge zu sein, wie die beiden unter dem Jubel der Gemeinde heirateten.*

*Ich hätte da unten stehen müssen, aber es ist anders gekommen.*

*Und auf einmal taucht diese Frau mit dem Schimmel neben mir auf und sieht mich nicht. Ebenso wie ich hat sie nur Augen für die Hochzeitsgesellschaft.*

*Sie ist genauso kratzbürstig gelaunt wie ich, aber ebenso wie ich braucht sie Gesellschaft. Also lade ich sie ein, sie und ihren Schimmel. Platz genug ist da, ein ganzes riesiges Haus, ein idyllischer Landsitz, fast leer. Und er tut seine Wirkung, ebenso wie der gute Burgunder. Sie entspannt sich, ihr angestrengtes und abweisendes Gesicht verliert die Härte.*

*Als sie ihren Schimmel meinem Verwalter anvertraut, hat sie sich schon entschieden zu bleiben. Ich kann heute einfach nicht alleine bleiben.*

*Morgen eigentlich auch nicht.*

*Wer weiß, wie sich das zwischen uns entwickelt?*

# 21

Schon wieder bin ich von mir selbst überrascht. Ich lasse mich in ein fremdes Haus einladen. Von einem fremden Mann. Zugegeben, es ist wunderschön. Mein Schimmel hat dabei keinerlei Bedenken gezeigt. Was ist das hier nur für ein zauberhafter Ort! Mein Zimmer ist elegant und schlicht. Die Wände sind weiß verputzt, die Deckenbalken in edlem Grau gehalten, ebenso wie die zarten Vorhänge. Das Himmelbett ist mit schlichtem weißen Leinen bezogen. Die einzigen Farbtupfer sind ein kleines Wandgemälde mit einer blassgelben Rose und das Fenster. Der Blick geht über die Weinberge. Ganz hinten erkennt man einen träge dahin fließenden Fluss.

Ein Blick wie auf ein Gemälde von Renoir.

Ich genieße die herrlich frische Dusche, endlich genug heißes Wasser. Einfach herrlich.

Erfrischt und ein bisschen schummrig vom schweren Rotwein mache ich mich auf die Suche nach meinem

Schimmel. Ich finde ihn mit vollen Backen kauend auf einer schattigen Baumwiese etwas abseits des Hauses. Sein neuer Freund hat ihm einen großen Kübel Wasser hingestellt. Als mein Schimmel mich sieht, dreht er mir sein Hinterteil zu. Die Geste ist nicht schwer zu deuten, weiterreiten ist heute nicht sein Ziel. Akzeptiert. Ich verstehe ihn. Ich will heute auch nicht mehr.

Wie so oft herrscht Einigkeit zwischen uns.

Er schaut sich vorsichtig um. Als er bemerkt, dass ich keinerlei Anstalten mache, ihn aus seinem Paradies zu entführen, kommt er dann doch her zu mir. Wie immer drücke ich meine Stirn auf seine, um mich von ihm zu verabschieden. Zurück am Haus werde ich schon erwartet. Der verschmähte Liebhaber macht schon eine gute Figur. Warum auch immer seine Angebetete einen anderen gewählt hat…

Vielleicht erzählt er es mir….

# 22

*Es war nicht schwer zu erraten, wo ich sie finden würde. Gerade verabschiedet sie sich innig von ihrem Pferd und kommt lächelnd auf mich zu. Eine aufrechte, schlanke Frau in den Vierzigern mit wundervollen Haaren. Das ist mir vorher nicht aufgefallen. Da sah sie wirklich eher wie eine Vogelscheuche aus. Aber davon ist nun nichts mehr übrig. Die Dusche und ein paar frische Kleider haben Wunder bewirkt.*

*Ich freue mich sehr, dass sie mir ausgerechnet heute über den Weg gelaufen ist. Sie kann mich vielleicht etwas ablenken.*

*Ich habe den Tisch auf der Terrasse decken und meinen besten Wein aus dem Keller holen lassen.*

*Kurz ertappe ich mich bei dem Gedanken, dass sie ja eigentlich eine Wildfremde ist und ich eigentlich etwas vorsichtiger sein sollte.*

*Aber ich mag sie. Und sie versteht etwas von Wein*

*und von gutem Essen, und sie erkennt die Schönheit dieses Ortes.*

*Gute Voraussetzung für einen gemütlichen Sommerabend.*

*Meine Novemberstimmung ist in ihrer Gesellschaft fast verblasst.*

# 23

Dieses Weingut ist wie die Insel der Sirenen für mich. Ich habe Angst, nie wieder gehen zu wollen. Mein Gastgeber ist aufmerksam und charmant, der Wein und das Essen wundervoll.

»Warum bin ich hier?«, will ich von ihm wissen. Bisher habe nur ich erzählt, von meiner Reise und den Abenteuern. Von meinem Ziel. Nun ist er der Einzige, der das weiß. Ein Fremder. Ich will mehr über ihn wissen.

»Lädst du immer irgendwelche Vogelscheuchen, die du unterwegs findest, hierher ein?«

»Nein, nur wenn sie einen so schönen Schimmel dabei haben.«

»Da hab ich ja Glück. Warum hast du mich denn eingeladen? Was ist passiert? Welche Frau lässt sich so einen Kerl wie dich durch die Lappen gehen?«

Da fängt er an zu lachen, er kann nicht aufhören. Die Tränen laufen ihm über die Wangen.

Das finde ich eher merkwürdig. Was ist daran so witzig? Außer …

»Mein Gott, es geht nicht um die Frau, oder?«

Damit erklärt sich einiges. Auf dem Land in Frankreich ist es sicher auch nicht leichter als bei uns im Dorf, schwul zu sein. Und schon fühle ich mich noch wohler, obwohl das eigentlich kaum möglich ist.

Keine Gefahr für mich. Aber er tut mir leid. Was für ein Schicksal. Ein Leben ohne finanzielle Sorgen im Paradies. Und dann eine Liebe entgegen der Konvention. Wer könnte ihn besser verstehen als ich. Auch ich habe die zarten Dorfseelen vor den Kopf gestoßen, mehrfach.

Inzwischen hat er sich beruhigt, aus den Lachtränen sind heimlich ein paar echte geworden. Ich lege meine Hand auf seine. Sie ist warm und es fühlt sich gut an.

»Weiß der Bräutigam etwas davon, oder liebst du ihn heimlich?«

»Er hat bis vor kurzem mit mir zusammen gelebt. Aber offiziell nur als mein Mitbewohner und Kollege. Seine Eltern haben ebenfalls ein Weingut etwas weiter im Westen und wollen einen Enkel. Er war hier, um zu lernen. Wir haben uns verliebt, er hat unsere Liebe verraten.«

Er klingt verbittert.

»Warum ist das so schwer? Warum stört das die anderen? Wir tun doch niemandem was. Wir wollten hier nur in Ruhe leben. Aber als dann ein Verdacht aufkam, dass unser Verhältnis zueinander ein anderes sein könnte, als es offiziell war, zerrissen sich alle die Mäuler. Sie wechselten im Ort, wenn sie uns begegneten, die Straßenseite. Er hat es nicht verkraftet, sich dem Druck gebeugt und unsere Liebe verleugnet. Dann lernte er eine Frau von hier kennen. Er redete sich ein, sie zu lieben. Sie ist sicher eine gute Frau. Aber ich kenne die Wahrheit. Ich werde sie für mich behalten müssen. Es würde uns allen nur schaden.«

# 24

*Ich erzähle ihr alles. Einer wildfremden Frau, die ich erst vor wenigen Stunden kennengelernt habe. Sie zeigt keine Abscheu, hört mir einfach nur zu. Das tut gut.*

*Obwohl oder weil sie eine Fremde ist. Sie weiß, wovon ich rede.*

*Vielleicht ist auch sie, wider Willen, eine Außenseiterin geworden. Beäugt von den anderen. Vielleicht wurde über sie getuschelt.*

*Auch sie wollte niemandem schaden, nur einfach glücklich werden. Ihre Probleme trägt sie mit sich herum. Kein Pferd kann so schnell laufen, sie werden sie immer wieder einholen.*

*Zwar wehrt sie sich, aber letztendlich saßen wir beide auf dem Hügel in Frankreich oberhalb der Kirche mit unserem Kummer. Hunderte von Kilometern, die sie bisher unterwegs war, konnten nichts dagegen ausrichten.*

*Sie genießt den Wein, das Essen, eine heiße Dusche, meine Gesellschaft. Das hat sie mir voraus.*

*Ich habe resigniert, sie kämpft noch ein wenig gegen das Unvermeidliche – den Verlust. Ein völlig aussichtsloser Kampf.*

*Da legt sie auf einmal ihre warme Hand auf meine. Sie ist ein bisschen rau und schwielig, kein Nagellack, keine manikürten Nägel, einfach nur eine Hand. Fühlt es sich so an, wieder Hoffnung zu schöpfen? Dass alles gut wird? Dass ein guter Wein trotz meinem Kummer ein guter Wein bleibt, ich ihn genießen kann?*

*Die Wärme breitet sich im meinem Körper aus.*

*»Darf ich dich bitten, ein paar Tage zu bleiben?«, sage ich und meine eigentlich Wochen und Monate. Sie ist meine Rettung, aber sie schüttelt verneinend den Kopf, nein sie will weiter. Ich bin enttäuscht, will wieder resignieren.*

*Aber halt, sie ist nicht die Einzige, die für ihre Wünsche kämpft. Denk nach!*

*Sie beobachtet mich, ein kleiner Funke tanzt in ihren blauen Augen. Sie testet mich, verlangt Widerspruch. Zieh doch nicht gleich den Kopf ein.*

*»Ich kann dir mein Weingut zeigen, dir meine Arbeit erklären, du und dein Schimmel könnt neue Kraft schöpfen. Ich kann euch dann die verpassten Etappen mit dem Auto bringen, einen Anhänger kann ich ausleihen. Ihr verliert keine Zeit. Ich …«*

*Sie hebt abwehrend die Hände, senkt den Kopf. Ich*

*kann nicht einschätzen, wie ihre Antwort ausfallen wird. Sie möchte eine Nacht darüber schlafen, immerhin kein Nein. So fühlt sich also Hoffnung an. Die erste Lektion habe ich gelernt.*

# 25

Stillstand ist der Tod, das Leben ist Bewegung. Stirbt mein Traum, wenn ich bleibe?

Die Versuchung ist groß. Ich fühle mich wohl hier. Es ist gefährlich schön hier. Und mein Gastgeber braucht mich. Wenn ich bleibe, wird das Gerede der Leute eine neue Richtung nehmen. Nicht aufhören. Aber eine fremde Frau ist nicht so spannend wie ein Schwulenskandal. Die Leute werden denken, dass es doch nur eine Männerfreundschaft war. Schließlich ist der eine nun verheiratet, der andere hat Damenbesuch.

Aber warum will ich das für ihn tun? Warum will ich denn bleiben? Weil ich mich übernommen habe. Weil mein Hintern wund ist. Weil das hier eine Oase mit netter Gesellschaft und bester Verpflegung ist? Alles gute Argumente – finde ich. Besser ich gehe gleich los, um ihm zu sagen, dass ich drei Tage bleibe.

Die Entfernung, die ich sonst in dieser Zeit schaffe,

kann ich meinem Schimmel im Anhänger zumuten. Bevor ich es mir wieder anders überlege, stehe ich noch einmal aus meinem Himmelbett auf. Ich öffne die Tür und renne fast meinen Gastgeber in die Arme. Der steht nämlich direkt vor meiner Tür.

»Ich wollte nur schauen, ob du alles hast, was du brauchst«, murmelt er.

»Nein, hab ich nicht! Was mir fehlt, sind ein paar Tage Pause. Ich würde deine Einladung gerne annehmen.«

Ich werde mit einem strahlenden Lächeln belohnt. Dann stehen wir beide verlegen voreinander. Was ist denn bloß mit mir los? Ich brauche wohl tatsächlich eine Pause.

»Also entweder gehe ich jetzt schlafen oder wir trinken noch was, aber hier stehen ist nichts für mich.«

Erwartungsvoll schaut er mich an.

# 26

Wir haben uns dann fürs Trinken entschieden. Jedenfalls meinem dicken Kopf zufolge. Ich habe so gut geschlafen, wie schon lange nicht mehr. Heute Nacht hat meine Hand nicht ins Leere gegriffen. Ich schrecke hoch, zu schnell für meinen Brummschädel. Ich habe tatsächlich die Nacht nicht allein verbracht. Mein Gewissen meldet sich vorsichtig und fragt nach, was ich mir denn dabei gedacht habe. Er ist doch schwul, beruhige ich mich, nix passiert. Nur ein Freund, der dir Gesellschaft leistet, so wie du ihm. Scheiße, ich will weg. Leise stehe ich auf und sammle meine Sachen zusammen. Er schläft noch.

Ich schleiche mich aus dem Haus und sattle den vergnügten Schimmel. Er hat ebenfalls eine gute Nacht gehabt. Das Stroh in seinem Schweif erzählt von einem tiefen Schlaf. Laut klappern die Hufe auf dem Hof. Ein Blick zurück zeigt mir, dass unser Aufbruch nicht unbemerkt geblieben ist. Er steht am Fenster und winkt mir zu.

»Ich mach' uns schon mal Frühstück!«, ruft er. »Kaffee oder Tee?«

»Kaffee«, antworte ich automatisch. Erwischt. Verflixt.

Nach einer halben Stunde durch die Weinberge, tief in meinen Gedanken versunken, stehe ich wieder auf dem Hof. Der Schimmel hat meine Unaufmerksamkeit ausgenutzt und ist im Kreis gelaufen. Dann soll es wohl so sein. Also Frühstück. Mir knurrt der Magen. Der Kaffeeduft lockt mich in die Küche.

Der Schimmel steht – ich bin mir sicher – grinsend auf der Weide. Der Kopf ist wieder klar, die Panik legt sich langsam. Es ist ja nichts passiert.

Ich weiß eh nicht, ob ich noch einen Freund habe, wenn ich wieder zuhause bin. Wohl eher nicht.

Ein französisches Frühstück mit allem, was das Herz begehrt. Croissants, Baguette und Milchkaffee. Hatte er bemerkt, dass ich meine Satteltaschen gepackt hatte? Er begrüßt mich mit einem leichten Kuss auf die Wange. Ich sehe ihm an, dass er Bescheid weiß, aber ich bin wieder da. Das genügt ihm.

# 27

*Das war knapp, ich bin ihr wohl zu nahe gekommen. Aber der Schimmel war auf meiner Seite. Gespannt habe ich beobachtet, wie sie durch die Hügel ritt, die Satteltaschen gepackt, ohne die Zügel aufzunehmen. Offensichtlich war der Fluchtversuch nur halbherzig. Der Schimmel hat seine Chance erkannt und ist gemütlich zurückgekehrt. Ich werde ihn nachher besuchen und ihm danken. Durch ihren Ausritt ist mir ist klar geworden, dass sie nur eine kurze Ablenkung sein wird. In ein paar Tagen wird sie ihren Traum weiter suchen und ich meinen Albtraum leben. Ich will nicht alleine sein, aber mit einem Mann zu leben ist hier ziemlich schwierig.*

*Sie beobachtet mich über den Rand ihrer dampfenden Milchkaffeeschale, in die sie eine unglaubliche Menge Zucker gekippt hat.*

*»Warum bleibst du dann hier?«*

*Habe ich was gesagt? Ich dachte nicht. Kann sie etwa Gedanken lesen?*

*Sie grinst. »War nicht schwer zu erraten. Du weißt, dass ich nicht lange bleibe. Du fürchtest dich vor der Einsamkeit. Aber warum gehst du dann nicht fort? In eine Stadt, in der allen egal ist, was du tust? Finde eine neue Liebe. Nicht sofort, aber die Wunde wird nicht ewig offen sein. Es ist ein wunderschönes Haus. Stelle jemanden ein, der alles verwaltet und geh fort. Es bleibt dein Zuhause, du kannst jederzeit zurück.«*

*Sie verstummt plötzlich.*

*»Im Gegensatz zu dir?«, frage ich sie leise.*

*»Das Haus werde ich wohl noch haben, aber ob es noch mein Zuhause ist, weiß ich nicht.«*

*Ihre Stimmung hat umgeschlagen, sie ist traurig. Ich kann ihr genauso wenig helfen, wie sie mir. Nur ein wenig ablenken.*

*»Verstehst du etwas von Landwirtschaft? Ich zeige dir meinen Betrieb. Wir haben nicht nur Wein sondern auch Obstplantagen und Gewächshäuser für Gemüse. Komm, ich zeige dir alles.« Ihr Gesicht hellt sich wieder auf. »Klar interessiert mich alles.«*

*Dann plaudert sie über ihren Garten, die Pferde, die Hunde und über die Hühner, die sie gerne hätte. Sie hört aufmerksam zu, wenn ich unsere Anbaumethoden erkläre, stellt kluge Fragen. Sie passt hierher. Ich überlege, ob ich ihr die Stellung anbiete, die sie selber vorgeschlagen hat, die Verwaltung des Landguts.*

*Der Tag vergeht wie im Flug. Abends essen wir gemeinsam auf der Terrasse. Als ich sie zu ihrem Zimmer bringe, zögert sie kurz. Dann schüttelt sie den Kopf.*

*»Ich muss es lernen, alleine zu sein, bitte sei nicht böse.«*

*»Du weißt, dass du außer Händchenhalten bei mir nichts zu befürchten hast?«*

*»Sonst wäre ich sicher schon weit weg.«*

*Sie lächelt, gibt mir einen Kuss auf die Wange und huscht durch die Tür weg. Seit wann ist es mir denn so wichtig, neben einer Frau zu schlafen? Nicht neben einer Frau, neben dieser Frau. Nicht weil – obwohl sie eine Frau ist. Sie ist kein Geschenk, sondern eine Leihgabe. Ich werde sie vermissen.*

# 28

Toll, ich liege wieder mal allein im Bett, war konsequent, müsste stolz auf mich sein. Bin ich aber nicht. Ich mag seine Gegenwart, seine Wärme und vor allem mag ich, dass er nicht mehr von mir will als ich von ihm. Warum habe ich ihn dann weggeschickt? Weil der Tag schon schön genug war. Ich fühle mich hier schon zuhause, und wenn dann auch noch die Nächte schön sind, bleibe ich womöglich hier hängen. Mir ist nicht entgangen, dass er mich geprüft hat. Das er überlegt, ob ich dieses Gut verwalten kann. Die Fähigkeiten habe ich, was ich nicht kann, kann ich lernen.

Immerhin verstehe ich etwas von Betriebsführung, von Buchhaltung, und ein Grundverständnis für die Landwirtschaft ist vorhanden. Das Leben auf dem Land ist nicht spurlos an mir vorbei gegangen. Es arbeiten viele Menschen hier, die wissen, was sie tun. Halt, stopp, was denke ich mir da zusammen?

Ich habe die Hälfte der Strecke geschafft, morgen nehme ich die zweite Hälfte in Angriff. Es geht nicht gut, wenn ich hier länger bleibe. Morgen geht's weiter.

Oder übermorgen. Er will mir seinen Weinkeller zeigen. Ich liebe Wein, ich kann nicht widerstehen.

Der Weinkeller erfüllt jedes Klischee. Wunderbar. Er ist kühl und duftet nach Trauben und altem, feuchtem Holz. Die Beleuchtung hebt die urtümlichen Felswände hervor. Ich fröstele ein bisschen, aber dann beginnen wir mit der Weinprobe. Einer besser wie der andere, allerdings habe ich nun einen Schwips.

Ich werde heute sicher nicht mehr geradeaus reiten können. Außerdem kichere ich wie ein Mädchen. Egal. Ich spüre, dass mein Lachen meine Schutzmauer durchdringt. Ich lache nicht nur außen, diesmal dringt die Leichtigkeit tiefer. Ich muss mich doch hoffentlich nicht jedes Mal betrinken, um herzhaft lachen zu können?

Hier auf dem Gut hat sich zum ersten Mal seit Monaten mein Morgensatz verändert. So nenne ich den ersten Gedanken, den ich morgens beim Aufwachen habe. Nach dem Tod meines Sohnes sprang er mich wütend jeden Morgen an: »Alles wird immer schlimmer«. Als ich die ersten Jahre morgens in den Armen meines Freundes aufgewacht war, lautete er: »Da gehöre ich hin.« In den letzten Monaten wurde er zunehmend hoffnungslos: »Ich will so nicht leben.« Und heute dachte ich zum ersten Mal: »So könnte es bleiben.« Gefährlicher Gedanke. Schöner Gedanke. So würde ich gerne jeden

Morgen denken. Aber ich darf mein Ziel nicht aus den Augen verlieren.

Ich muss noch durch das Centre. Dann kommt das helle klare Poitou. Danach werde ich das Meer schon riechen können.

»Wo sind deine Gedanken, meine Vogelscheuche?«

»Am Meer. Bitte versteh', dass ich morgen gehe. Ich bin dir für deine Gastfreundschaft unendlich dankbar. Aber ich muss gehen.«

»Du kannst wiederkommen. Ich biete dir die Verwaltung des Gutes hier an. Ich werde versuchen, mein Glück woanders zu finden. Aber das hier ist mein Zuhause. Es wäre bei dir in den besten Händen. Überleg' es dir!«

Das tue ich schon die ganze Zeit. Eine neue Chance, ein neues Leben? Ich werde darüber nachdenken. Meine jetzige Lebensplanung endet an den unendlichen langen Stränden der Vendée. Danach ist noch alles im Dunkeln. Ich kann und will nicht weiter denken. Nicht einmal, ob und wie ich von dort wieder wegkomme.

Diese Erkenntnis trifft mich wie ein Schlag. Ich habe tatsächlich bisher keinen Gedanken an den Rückweg verschwendet. So merkwürdig das auch klingen mag. Auch jetzt verweigert mir mein Verstand den Dienst. Es ist fast so, als ob mein Leben dort zu Ende wäre. Oder nur mein bisheriges Leben? Das ist es ja jetzt auch schon.

Mit einem Mal ist mein Lachen verschwunden. Ich bin traurig. Ein Ziel zu haben ist schön. Was passiert aber, wenn man es erreicht hat? Die große Leere?

Verdammt. Nicht mehr nachdenken, nicht mehr bewegen. Weiter. Nicht so kurz vor dem Ende aufgeben.

Er beobachtet mich die ganze Zeit ruhig.

»Du wirst frei sein, und wenn es nur für diesen einen Moment sein soll, aber das hast du dann geschafft. Ich hole morgen früh den Anhänger und fahre dich wie versprochen die verlorenen Kilometer.«

»Das brauchst du nicht. Ich habe hier nur gewonnen. Ich will alles reiten. Jeden Kilometer, nicht schummeln. Ich brauchte diese Pause hier. Jetzt bin ich wieder fit.«

Am nächsten Morgen hole ich den ausgeruhten Schimmel von der Koppel. Er zeigt mir dieses Mal nicht sein Hinterteil. Er ist ebenfalls bereit. Mein Gastgeber steht ein bisschen verloren auf seiner schönen weißen Auffahrt. Ich bin ein wenig verlegen, umarme ihn fest und los geht's.

Nicht zurückschauen. Es bricht mir sonst das Herz. Er ist ein wunderbarer Mensch.

Ich hoffe, ich sehe ihn eines Tages wieder.

# 29

Die Landschaft verändert sich. Alles wird flach, die Felder sind gigantisch groß und monoton. Aber mein Schimmel und ich, wir kommen unglaublich schnell voran. Wir traben – stundenlang – ohne irgendein Hindernis.

Das Centre. Wie oft bin ich hier schon mit dem Auto durchgefahren und habe mir vorgestellt, wie schön man hier reiten könnte.

Die Kilometer fließen im gleichmäßigen und unermüdlichen Takt unter den Hufen des Schimmels dahin. Die Nächte sind klar und warm. Dörfer und Höfe können wir meiden. Die sind ohnehin rar gesät. Wir reiten wegen der Hitze meist früh los und suchen in der Mittagszeit ein schattiges Plätzchen. Am späten Nachmittag geht's weiter, bis wir fast nichts mehr sehen können. Die Nächte verbringen wir meistens in einer einsamen Scheune. Die Bäche versorgen uns mit dem nötigen Wasser. Auf den wenigen noch bewohnten Höfen werden wir herzlich empfangen und reichlich versorgt. Die Eintönigkeit entspannt mich. Ich muss kaum auf den Weg achten. Ich muss nichts denken. Mit jedem Schritt wird meine Leere größer. Ich reite nur noch, das tut gut.

Nach einigen Tagen verändert sich etwas. Ich werde unruhig. Es kribbelt in meinen Fingern.

Ich finde keine Ruhe. Es wird Gewitter geben. Als ich ein Baby war, holte meine Mutter die Wäsche rein, wenn ich quengelig wurde. Ich irre mich bei Gewitter nur selten. Meine Laune ist mehr als düster. Ich bin gereizt. Ich bin wütend. Ich bin unbeherrscht. Ich bin ungerecht. Düstere Gedanken schwirren durch meinen Kopf. Warum bin ich es nicht wert, dass man – der Mann – sein Leben mit mir verbringen möchte? Warum werde ich immer nach ein paar Jahren zweite Wahl? Warum geht es mir nicht so bei ihm? Warum bin ich bereit, mein Leben anzupassen, meine Männer aber nicht? Bin ich immer nur für kurze Zeit liebenswert? Dann werden andere Dinge wieder wichtiger. Wenn ich bleibe, ist es okay? Wenn nicht, dann halt auch? Keine Verbindlichkeiten, keine Zusagen, keine Zukunft für mich zu zweit? Bin ich es nicht wert, ist er es nicht wert? Ist das Alleinsein wirklich so schlimm, dass ich mir das antun muss? Es ist einfach nur demütigend.

Ich will nicht mehr. Es kotzt mich an. Er will eine unverbindliche Beziehung, die sich nach seinen Bedürfnissen richtet. Ich darf mitspielen, wenn ich will. Ich will nicht. Langsam wird es mir klar. Ich will nicht. Ganz oder gar nicht! Es zerreißt mich. Ich muss ihn mir aus der Seele schneiden, um ein kleines bisschen Selbstachtung zurückzuerhalten.

Bleigrau und schwer wird der Himmel. Wir bekommen kaum noch Luft. Der Schweiß rinnt uns beiden in Strömen. Alles klebt mir am Leib, wir können nicht so viel trinken, wie wir ausdünsten. Es geht nicht mehr. Es braut sich ein Gewitter, vielleicht sogar ein Sturm, zusammen. Der Schimmel wirkt müde, seine Augen stumpf. Ich fühle mich genauso. Sein Fell ist bleigrau, wie der Himmel. Wir schleppen uns langsam dahin, spüren das Gewicht der schwülen Luft auf unseren Schultern.

Wir brauchen einen Unterschlupf. Das ferne Grollen macht mir Angst. Bloß nicht hier auf der offenen Ebene in ein Gewitter geraten. Der Blitz bräuchte nicht lange nach dem höchsten Punkt für seinen Einschlag zu suchen. Das wären dann wohl wir.

Ein Wegweiser kündigt ein Dorf in wenigen Kilometern an. Wir reißen uns noch einmal zusammen, traben mit letzter Energie. Wieder einmal ein Geisterdorf. Weit und breit keine Menschenseele. Aber wir finden eine Scheune, deren Dach so aussieht, als ob sie dem Sturm noch lange standhalten könnte. Aber der Schimmel scheut, will nicht hinein, schlägt den Kopf hoch, die Augen vor Angst weit aufgerissen. Etwas stimmt hier nicht. Aber wir haben nun keine Wahl mehr.

Der Sturm bricht los. Wir müssen da rein. Ich habe Sorge, dass sich der Schimmel losreißt. Ich ziehe ihn hektisch hinein und versuche zugleich, ihn mit sanfter Stimme zu beruhigen. Irgendwie gelingt es mir. Er ist drin, die Tür zu. Gerade noch rechtzeitig.

Der Lärm ist ohrenbetäubend, die Blitze zucken im Sekundentakt. Der Donner macht keine Pause, die Regentropfen verwandeln sich in riesige Hagelkörner. Das Dach wird zu einer riesigen Trommel. Wir können nicht entfliehen, müssen aushalten, bis der Spuk vorbei ist. Der Schimmel bleibt angespannt, die Ohren stehen keine Sekunde still. Er mag keinen Lärm. Diese Scheune ist ihm absolut nicht geheuer. Ich will nur, dass dieses Getöse endlich aufhört.

Auf dem Weingut war es viel schöner, will mir sein vorwurfsvoller Blick wohl sagen, aber du musstest ja unbedingt weiter.

Ich hoffe, das Unwetter zieht nicht dorthin und ruiniert die Reben und die Gewächshäuser. Der Wind heult und rüttelt zornig an den verlassenen Häusern. Er holt kurz Luft und da höre ich es auch. Der Schimmel irrt sich nicht, hier ist etwas, ich höre ein Wimmern.

# 30

*Ich hatte mir alles so toll vorgestellt. Nur mein Rucksack und ich.*

*Sie werden mich suchen, werden die Mama ausschimpfen, weil sie nicht besser auf mich aufgepasst hat. Und dann werden sie eines Tages ein paar kleine Knochen finden. Mama wird sich schreiend auf meine Überreste werfen und ich werde sie als Geist jede Nacht besuchen und ihr Vorwürfe machen.*

*Aber jetzt bin ich wirklich allein, das verlassene Dorf ist gruselig.*

*Die Schokolade ist zu einem Klumpen mit dem Einwickelpapier verschmolzen und hat sich mit dem Dreck aus meinem Rucksack verklebt. Ich habe gelesen, dass Schokolade viele Bergsteiger gerettet hat. Aber da auf den Bergen ist es wohl nicht so heiß. Hätte ich dran denken müssen. Ich kann keine Schokolade mehr sehen. Meine Cola ist alle, taugt auch gar nicht gegen Durst, ich habe immer mehr trinken müssen. Und nun ist sie alle. Der Strick und das Taschenmesser nutzen mir gar nichts.*

*Weiß auch nicht, warum alle Helden das Zeug mit sich rumschleppen. Ich will doch lieber wieder nach Hause. Die Füße tun mir schrecklich weh, sind voller Blasen.*

*Der Himmel sieht komisch aus, ich habe Angst, Hunger, Durst. Ist ja egal, wenn ich heule. Sieht ja keiner. Da geht auf einmal das Tor auf und eine unheimliche Gestalt, die unverständliche Worte flüstert, zerrt ein verschwitztes Pferd herein. Das Pferd rollt die schwarzen, riesigen Augen, bläht die roten Nüstern. Seine bleigraue Farbe ist fast wie der Himmel. Ein Geisterpferd! Die sollen weggehen! Oh nein, sie haben mich gehört, die Gestalt in dem schwarzen Mantel ruckt mit dem Kopf herum. Ich will nach Hause. Sie kommt näher und streift die Kapuze herunter.*

# 31

Ein unheimliches, leises Wimmern ist stoßweise zu hören. Ein einsames, trostloses Weinen. Ich spüre Mitleid, nicht mehr Angst. Das klingt traurig, nicht bedrohlich. Mein Herz wird warm. Ich gehe in die Richtung, aus der das Wimmern kommt. Ganz hinten, in einem Haufen stinkendem Stroh, finde ich dann eine kleine, zitternde Gestalt. Offensichtlich habe ich ihr einen ebenso großen Schrecken eingejagt wie sie uns.

»Hallo, ich tue dir nichts. Kann ich dir helfen?«

»Bitte, ich will brav sein, lass' mich noch ein bisschen leben. Ich will nach Hause.«

»Okay, ich lass' dich noch ein bisschen leben, aber sag' mir, wer du bist und was du hier machst.«

Langsam und voller Misstrauen krabbelt ein kleines, schmutziges Mädchen aus dem Strohhaufen.

Zitternd steht sie vor mir. Der Schimmel beugt langsam seinen schönen Kopf herunter und bläst ihr sanft seinen warmen Atem ins Gesicht. Das scheint sie zu beruhigen. Vorsichtig hebt sie die verklebte Hand und streichelt seine weichen Nüstern.

»Er lebt ja!«

»Ja, er lebt, ich auch und du auch.«

Langsam dämmert mir, warum sie solche Angst hatte.

»Du dachtest, ich komme dich holen, dass ich der Tod bin?«

Ich lache, vielleicht sollte ich mir doch einen anderen Reitmantel zulegen. Der scheint mir nicht gut zu stehen.

»Komm her, ich habe noch etwas zu essen und zu trinken dabei. Damit machen wir es uns erst einmal gemütlich und hoffen, dass der Sturm bald vorbei ist. Dann bringe ich dich nach Hause.«

Die Kleine nickt erleichtert. Es ist schön, mal wieder Gesellschaft zu haben. Wir setzen uns auf den Boden und nach kurzer Zeit hat das kleine Mädchen meine letzten Vorräte verschlungen.

»Du hast ganz schön Hunger. Wie lange bist du denn schon hier?«

»Ich bin heute Morgen losgewandert und hatte Schokolade dabei, aber das macht nicht lange satt.«

»Hast du dich verlaufen?«

Nachdenklich sucht sie meinen Blick. »Weiß nicht«, murmelt sie. Aha, das kenne ich. Als Kind hatte ich immer einen Rucksack für alle Fälle gepackt.

»Hast du auch ein Seil dabei, mit dem man gar nichts anfangen kann?«

Jetzt schaut sie mich mit großen Augen an, der Mund bleibt offen. »Kannst du Hellsehen?«

»Nein, aber ich wollte als Kind immer von zuhause weglaufen, vor allem, wenn mich meine Mutter geärgert hat. Ich hatte meinen Rucksack in einem Geheimversteck.«

Ich kann mir ein Lächeln nicht verkneifen. Sie ist mutiger, als ich es war. Ich musste erst erwachsen werden, um wegzulaufen. Der Mut hat sie zwar mittlerweile verlassen, aber trotzdem habe ich Respekt.

Verlassen zu werden, ein roter Faden in meinem Leben. Die großen Lieben meines Lebens. Mein Sohn. Bald sind meine Töchter aus dem Haus. Mein Freund will wegziehen. Er erträgt das Landleben nicht, ich die Stadt nicht. Ich bin die, die bleibt und blieb.

Die Absicht, die in meiner Kindheit in Form eines immer gepackten Rucksackes hinter meinem Schreibtisch vergeblich wartete, umgesetzt zu werden – nie habe ich den Mut gehabt, sie zu verwirklichen. Dieses kleine verängstigte Bündel scheint seltsamerweise dieselbe Packliste zu haben wie ich …

Ein erneuter kräftiger Donnerschlag erschüttert die alte Scheune. Der Schimmel schnaubt genervt.

»Ich glaube, heute gehen wir nirgendwo mehr hin. Wir warten die Nacht ab. Morgen bringe ich dich nach Hause. Ich denke, bis dahin haben alle ihre Lektion gelernt.«

»Meinst du, die wollen mich wieder?«

Trotzig zieht sie ihre Rotznase hoch.

»Die haben bestimmt noch nicht mal gemerkt, dass ich weg bin.«

Hätte meine Mutter es bemerkt? Ja, trotz aller Sorgen, trotz der vielen Arbeit, trotz der kleineren Geschwister, irgendwann hätte sie es gemerkt. Und dann Angst bekommen, entsetzliche Angst. Wäre ich dann wieder aufgetaucht, hätte sich die Erleichterung mit unbändiger Wut über die angetanen Stunden der Angst wild vermischt. Ich wäre wohl ziemlich durchgeschüttelt worden …

# 32

*»Darf ich dich fragen, warum du hier bist?«*

*Die fremde Frau ist höflich zu mir, hat mir ihr ganzes Essen gegeben. Das weiße Pferd hat vor Gewitter genau so viel Angst wie ich. Ich bin froh, dass die beiden hier sind.*

*Ich erzähle ihr, dass ich, seit mein kleiner Bruder auf der Welt ist, nicht mehr für meine Mama existiere. Er hat einen schlimmen Husten. Das macht er mit Absicht, damit sich alle nur um ihn kümmern. Ich soll ihn dauernd spazieren fahren und wenn er wieder hustet, bin ich schuld, es war dann zu warm, zu kalt, zu nass oder zu trocken.*

*Früher hat meine Mama für mich abends gesungen. Jetzt hustet der Zwerg immer, wenn sie mir gute Nacht sagt und dann rennt sie weg. Dann habe ich eine Erkältung bekommen. Ich habe ein kleines bisschen gehustet und ein paar Mal geniest. Da hat sie gesagt, sie hält es nicht aus, wenn ich jetzt aus purem Trotz auch noch damit anfange. Ich solle ihr aus den Augen gehen. Das habe ich gemacht, und wenn ich jetzt noch schlimmer krank werde und sterbe, dann tut es ihr leid, dass sie so gemein zu mir war.*

*So, jetzt weiß sie alles, die fremde Frau. Aber sie schimpft mich nicht aus, sie lächelt mich warm und ein bisschen traurig an. Ich kuschle mich in ihren Arm, da ist es warm und sie ist weich. Sie duftet nach Pferd. Das Pferd liegt neben uns und schläft. Mir fallen langsam die Augen zu. Das ist schön.*

# 33

Leise schnarcht das kleine Bündel im meinem Arm. Sie ist wirklich ein bisschen erkältet, aber nicht schlimm. So sieht also die andere Seite aus. Ich bin traurig.

Meine älteste Tochter hat wohl auch einiges aushalten müssen. Mein Sohn hatte ebenfalls ständig Husten, er hat nie gut geschlafen. Ich war oft so müde, so voller Sorgen. Habe ich meine Tochter überhaupt noch gesehen? Sie war erst drei, da bestand keine Gefahr, dass sie wegläuft.

Dann der Tod. Ich war dumpf vor Schmerz. Wo war sie?

Dann die komplizierte neue Schwangerschaft. Die schlechten Prognosen für das ungeborene Mädchen. Verdacht auf Gendefekte. Das Überwachungsgerät, die Sorgen, die Angst. Wieder der Husten. Wo war sie?

Jetzt bin ich schon wieder nicht für sie da. Mein Gewissen schlägt erbarmungslos zu. Ich weine um sie, um die Kinder, die in die zweite Reihe müssen und nicht verstehen warum.

»Regnet immer noch«, murmelt die Kleine.

Meine Tränen sind auf ihren Kopf gefallen.

Ich nehme mich zusammen. Heute bin ich für sie da, heute sitzt sie ganz vorne in der ersten Reihe.

# 34

Am nächsten Morgen ist alles frisch und klar, einmal ordentlich durchgespült. Tief atmen wir die frische Luft. Endlich – nach all der bleischweren Schwüle.

»Und ich darf wirklich da drauf?«

Ich nicke. Wir versuchen mal, ob der Schimmel uns beide tragen möchte. Ich steige auf und ziehe die Kleine von einer kleinen Mauer aus vor mich in den Sattel. Ein kurzes, irritiertes Schnauben über die neue Last. Aber dann geht es los. Meine neue Reitkameradin strahlt und plappert. Da ist sie schon gewesen. Da ist sie mal hingefallen. Da hat sie mit ihrer Freundin ein Picknick gemacht. Ich höre zu und genieße ihr fröhliches, vergnügtes Geplapper.

Wir nähern uns einem Dorf, noch spärlich bewohnt. Je näher wir kommen, umso mehr schrumpft das Bündel vor mir zusammen. Das gerade noch fröhliche Geplätscher weicht einem spürbar ängstlichen Schweigen.

Wir kommen an einem der wenigen gepflegten Höfe an.

»Du hilfst mir doch, oder?« Ich nicke.

Die Hoftür springt auf. Eine völlig aufgelöste Frau stürzt auf uns zu.

»Wo warst du?«

Ihre Stimme ist schrill und sie ist gezeichnet von der durchwachten Nacht. Sie rennt ungestüm auf den Schimmel zu. Der schätzt so eine Begrüßung gar nicht, weicht zurück. Die Mutter ist nicht zu bremsen. Es wird brenzlig, der Schimmel wird immer ängstlicher, hat den Rückwärtsgang eingelegt. Ich muss das Kind halten und das Pferd. Es wird immer schwieriger, dann fast unmöglich, beinahe ausgeschlossen. Die kreischende Mutter sieht ihr Kind erneut in Gefahr, erkennt nicht, dass sie der Auslöser ist.

»Stehenbleiben, sofort!«, schreie ich, weil ich mir sonst nicht mehr zu helfen weiß.

Wie auf Kommando steigt der Schimmel. Das genügt, um die vor Angst völlig aufgelöste Mutter zu stoppen.

»Geben Sie mir mein Kind!«, schreit sie mich an.

»Würde ich ja, wenn sie endlich mal still sind! Sie gehen jetzt ein paar Schritte zurück.«

Ich bin wütend und ertappe mich bei dem Gedanken, dass ich, wenn ich das Kind dieser Mutter wäre, auch weglaufen wollte.

Die Frau bleibt zitternd und verstört endlich stehen. Durchatmen, Zügel, Kind und Pferd sortieren. Absteigen, Kind runter. Geschafft. Am liebsten würde ich einfach wieder aufsitzen und wegreiten. Aber der flehende Blick der kleinen Mitreiterin erinnert mich an mein Versprechen. Also gut. Ich nehme die kalte, kleine Hand in meine Linke und strecke der Mutter die Rechte entgegen.

»Hallo, ich hab was gefunden, was Ihnen gehört.«

Die Frau erwacht aus ihrer Starre, ignoriert mich und will mir die Kleine grob aus der Hand reißen. Ich habe das aber so schon kommen sehen und stelle mich schnell vor meinen Schützling.

»Es geht ihr gut und das soll auch so bleiben. Können wir uns irgendwo in Ruhe unterhalten?«

Ein schiefes Lächeln, immerhin.

»Ruhe, was ist das?«

# 35

*Ich habe eine der schlimmsten Nächte meines Lebens hinter mir.*

*Gestern Abend war mein kleines Mädchen einfach weg. Ich hatte sie ehrlich gesagt den ganzen Tag noch nicht gesehen, aber es ist mir da erst aufgefallen.*

*Das Baby schreit mal wieder, ich schreie nach meiner Tochter. Mein Mann schreit mich an, dass ich nicht aufgepasst habe.*

*Ein Albtraum.*

*Dann kommt das Gewitter, wir laufen durch den Regen, den Hagel, nichts. Ich will die Polizei rufen, aber die Leitung ist tot. Das Gewitter hat die Leitung beschädigt. Die wenigen Nachbarn helfen mit bei der Sucherei, aber umsonst. Ich will nicht mehr, ich bin so erschöpft, aber an Schlaf ist nicht zu denken.*

*Wo ist sie? Ist sie entführt worden? Liegt sie irgendwo verletzt, schutzlos dem Gewitter ausgeliefert?*

*Ich durchsuche ihr Zimmer. Ihr Rucksack fehlt, im Kühlschrank fehlt Cola, die Schokolade ist weg. Sie ist freiwillig gegangen.*

*Ich bin so wütend, ich tue was ich kann und dann geht sie einfach weg? Das Baby braucht so viel Zuwendung, ist immer wieder krank, schläft schlecht, der Hof will bewirtschaftet werden. Warum versteht sie nicht, dass ich nicht auch noch Zeit für sie habe?*

*Auch diese Nacht endet, das Gewitter zieht ab, das Baby schläft, mein Mädchen ist weg.*

*Ich fühle mich dumpf, warte, dass ich endlich die Polizei rufen kann.*

*Da höre ich Hufe klappern und traue meinen Augen nicht. Da kommt sie gemütlich angeritten. Die Wut bricht aus mir heraus. Ich will, dass sie meinen Schmerz auch spürt, aber ich bekomme sie einfach nicht zu fassen. Ich gerate immer mehr in Rage, außer Kontrolle – so wie das weiße Pferd. Die Hufe zischen knapp an meinem Gesicht vorbei.*

*Das bringt mich zur Besinnung. Ich bringe mit meinem Gezeter mein Kind in Gefahr. Da schnauzt mich jetzt auch noch die Fremde an. Ich muss meinen Zorn unterdrücken, mein Kind sitzt immer noch auf dem verrückten Pferd.*

*Kaum ist sie unten, stellt sich die Frau zwischen mich und mein Kind. Meine Gefühle fahren Karussell. Ich habe sie wieder, sie ist vor mir geflohen. Ich bin glücklich, wütend, traurig und erleichtert. Ja, sie hat recht, ich brauche Ruhe.*

*Ich schaue mein Mädchen an und erschrecke zu Tode. Sie zittert vor Angst. Selber schuld, schreit die wütende Stimme wieder. Dein Kind, es ist dein Kind! Warum ist sie vor dir weggelaufen? Warum versteckt sie sich hinter einer Fremden?*

# 36

Puh, nochmal gutgegangen! Alle in Sicherheit – erst einmal. Wir folgen der völlig fertigen Frau in den Innenhof. Die kleine Zittermaus hängt mir immer noch am Rockzipfel. Dann stehen wir Frauen einfach voreinander. Ich sehe ihr Leid. Sie tut mir leid. Ich nehme sie in den Arm und da beginnt sie zu weinen, leise, hoffnungslos. Ihre Schultern zucken, ich spüre ihre Verzweiflung, das Wissen, versagt zu haben. Leise beruhige ich sie.

Mein Schimmel mischt sich auch ein und prustet ihr – seiner Meinung nach sanft – ins Ohr. Mit Sprüheinlage – Pferd eben. Da muss sie ein bisschen lachen und wischt sich mit dem Handrücken die Pferdespucke weg. Die Kleine kichert auch. »Mama hat Pferdespucke im Gesicht!« Und dann lachen wir alle. Es tut so gut.

Danke, Schimmel.

Die Kleine fasst sich ein Herz, sie braucht viel Mut:

»Es tut mir so leid, Mama, ich wollte wieder heim, aber das Gewitter …«

Weiter kommt sie nicht, das Mutterherz siegt über die Mutterwut. Es wird Zeit für mich, den Rest schaffen die auch ohne mich.

# 37

Stolz steht die Ruine im klaren Licht der Vendée. Stolz darauf, immer noch da zu sein. Das einst so mächtige Kloster, ursprünglich erbaut auf einer Insel, nun inmitten grüner Wiesen. Ich liebe diesen Ort. Wir dürften hier nicht sein, haben uns von hinten über die Felder herangeschlichen, ein Tor der Umzäunung stand offen. Eigentlich muss man Eintritt bezahlen, aber an der Kasse hätten sie mich sicher nicht mit dem Schimmel durchgelassen. Das Meer ist inzwischen verschwunden. Viel Land wurde ihm abgetrotzt und leuchtet nun grün am Fuße der einstigen Felseninsel, wo die Reste des Klosters stehen. Viele Kanäle durchziehen das Weideland und verströmen einen leicht modrigen Geruch. Büsche zeigen ihren Verlauf an. Hier war ich auf meiner Hochzeitsreise und schon damals hat es mich beeindruckt und tief berührt.

Die Sonne scheint warm, die Luft ist unglaublich sauber, alle Umrisse sind gestochen scharf zu erkennen, es schmerzt in den Augen. Ich möchte sie einfach für einen Moment schließen. Eine kurze Pause kann nicht schaden. Ein schöner Ort dafür. Ich schaue mich um, niemand ist zu sehen. Es ist wohl Mittagspause. Ich steige ab und lehne mich gegen die rauen, uralten Steine. Es duftet herrlich nach Lavendel. Ich entspanne mich und schlafe einfach ein.

In meinem Traum bin ich wieder auf meiner Hochzeitsreise vor fünfzehn Jahren. Ich sitze vergnügt neben meinem damaligen frischgebackenen Ehemann, drehe den Kopf zur Seite, um aus dem fahrenden Auto zu schauen.

Da trifft es mich wie ein Schlag, ich falle in einen Strudel, der mich durch die Zeiten wirbelt. Ich finde keinen Halt mehr, stürze weiter durch die Zeit.

Als ich wieder etwas erkennen kann, finde ich mich in einem anderen Leben wieder. Lange vor unserer Gegenwart, denn nun steht das Kloster nicht mehr als Ruine vor mir. Nein, es ist riesengroß und völlig intakt in einer anderen Zeit, imposant und voller Leben.

Nur wenige Gehminuten entfernt ist unser Haus. Es besteht nur aus einem Raum, gemütlich und klein, am Fuße eines sanften Hügels, nicht weit von der Küste. Hohe Bäume schützen uns vor Sturm und Hitze. Stehe ich vor der Haustür, liegt das klare, blaue Meer zu meinen Füßen, rechts zeichnen sich die majestätischen Umrisse der gewaltigen Klosterkirche ab. Die Luft duftet frisch und würzig. Ich trage gerne rote Westen, mein Mann schwarz, schwarz wie sein schönes Haar. Wir lieben uns zärtlich, genügen uns selbst. Da ich weiter aus dem Süden stamme, spreche ich einen anderen Dialekt. Das stört die Nachbarn, mich nicht. Ich freue mich jeden Tag auf den Moment, an dem ich ihn den Hügel herab kommen sehe und ich ihm das Essen hinstellen kann. Meine besondere Fürsorge gilt meinen Hühnern. Ich finde mein Leben herrlich. Einfach, zufrieden, glücklich.

Dann werde ich schwanger, das vermeintlich höchste Glück. Wir sind glücklich, freuen uns auf unser Kind. Sonntags nehme ich am Gottesdienst in der prachtvollen Kathedrale teil. Ich sitze hinten links, hinter einer gigantischen Säule, versteckt, um nicht aufzufallen. Ich bleibe eine Fremde. Aber ich liebe diese Kirche und bete für unser ungeborenes Kind.

Es hilft nichts. Das Kind ist unser Untergang, ich sterbe bei der Geburt, langsam und qualvoll. Auch das arme Kind geht zugrunde, ich nehme es mit in den Tod. Die Hebamme kam zu spät.

War es, weil ich nicht von hier stammte?

Mein Mann ist machtlos, hilflos, verzweifelt. Ich bin gegangen, lasse ihn allein. Unser glückliches Leben ist vorbei, nur eine schmerzhafte Erinnerung. Ich bleibe noch ein wenig bei ihm, will ihn trösten, aber er hört mich nicht.

*Tha grah agam ort.* Das ist meine Sprache, schön und fremdartig.

*Meine Liebe ist bei dir* – immer wieder will ich es ihm sagen.

Aber so sehr ich es versuche, er kann mich nicht hören. Hoffnungslos und verbittert zieht er in den Krieg, versucht das Kloster zu verteidigen, aber er stirbt für diesen sinnlosen Kampf.

Für nichts.

Schrilles Kriegsgeschrei zieht mich wieder an die Oberfläche der Realität zurück.

Verwirrt schaue ich mich um, mein Schimmel steht am Rand der ehemaligen Meeresklippe und wiehert lauthals ins Tal. Kein Kriegsgeschrei, er hat ein anders Pferd gehört, es antwortet ihm aus dem Tal.

Immer noch völlig durcheinander rapple ich mich auf und beruhige meinen Gefährten. Vorsichtig schaue ich um die Mauern. Es ist noch niemand auf uns aufmerksam geworden. Ich wage mich weiter vor.

Nun stehe ich in dieser ehemals mächtigen Kirche. Heute nur ein Stein auf einem Stück Wiese. Heute Ruinen, damals ein Ort des Glaubens. Inzwischen habe ich ihn verloren, meinen Glauben. Endgültig. Ich verliere Kinder, Glück und Männer. Gott ist nicht nett zu mir, warum sollte ich ihn anbeten? Trotzdem – in meinem Traum war ich hier glücklich, ein Hauch davon ist immer noch da. Mein Zuhause.

Der Schimmel ist wieder still, ruhig und in sich gekehrt, wie so oft der Spiegel meiner Seele.

Ich zucke zusammen, der Schimmel macht einen kleinen Luftsprung vor Schreck.

»Wie sind Sie hier herein gekommen?«

Eine strenge Gestalt steht wie aus dem Erdboden gewachsen neben uns. Verflixt, ich war in Gedanken.

»Ich bin da unten vorbei geritten, das Tor stand offen. Ich war neugierig.«

»Und warum sind Sie nur direkt zu dieser Stelle gelaufen und bleiben hier stehen? Ich habe sie beobachtet. Alle Leute, die neugierig sind, laufen hier hin und her. Sie nicht. Das finde ich merkwürdig.«

»Ich werde sofort gehen. Darf ich Ihnen das Eintrittsgeld geben? Ich wollte nur kurz hier sein, ich mache keinen Ärger.«

Der Mann in der Uniform des Klosterführers schaut mich merkwürdig an.

Er schüttelt den Kopf und lässt mich stehen. Ich hebe meine Hand an die Stelle, an der ich in meinem Traum die Säule berührte und greife ins Leere. Es ist Zeit weiter zu reiten, wir sind bald da. Besser wir gehen, bevor der Aufseher es sich anders überlegt.

# 38

Ich habe es geschafft: wir sind da. Lang, unendlich lang liegt der herrliche Strand vor uns.

Der Morgen graut, der Himmel färbt sich zartrosa, die Luft ist frisch und würzig. Es ist niemand zu sehen, die Weite gehört uns. Alles ist perfekt.

Der Schimmel sieht das erst Mal das Meer. Er hört zum ersten Mal die Brandung, schmeckt das Salz in der Luft. Die blanken schwarzen Augen sind weit aufgerissen, die Nüstern gebläht, der Kopf stolz hochgereckt. Die Ohren sind so weit gespitzt, dass sie beinahe vorne zusammen stoßen. Mein Herz schlägt mir bis zum Hals.

»Es ist so weit, mein Freund. Los!«

Wir müssen noch die rutschige Düne hinunter. Aber er ist Araber, Sand ist kein Problem für ihn.

Am festen Sand unten angekommen, beginnt er zu tanzen. Sein Körper spannt sich, als wir uns der Brandung nähern. Er schnaubt und stampft mit den Hufen.

Einen Moment genieße ich die Vorfreude, halte ihn noch zurück.

Dann lasse ich die Zügel los, lasse alles los.

Ich bin glücklich!

Wir werden immer schneller und schneller. Ich kann nichts mehr sehen.

Der Wind treibt mir die Tränen in die Augen.

Für diesen einen Moment habe ich viel riskiert, viel erlebt.

Er ist alles davon wert.

Alles.

# 39

Ein paar Tage später reiten wir wieder die weiße Auffahrt herauf, vorbei an den Löwen, auf das schöne Gutshaus zu.

Ich werde mit offenen Armen empfangen.

»Du hast es geschafft, ich freue mich so für dich!«

Er ist froh, dass ich wieder da bin. Ich auch. Ich werde geküsst und geherzt, der Schimmel will auf die hübsche Koppel mit den Bäumen. Ein fröhliches Wiehern schallt ihm entgegen, eine hübsche kleine Stute steht erwartungsfroh am Zaun.

»Damit er nicht so allein ist, falls du bleiben willst …«

Ich will nicht mehr weiter, nicht mehr in mein altes Leben zurück. Zu viel habe ich nachgedacht, zu viele Brücken abgebrochen.

Aber eines muss ich jetzt tun, so schnell wie möglich.

»Wo ist dein Telefon?«

Mein Herz klopft vor Angst und Aufregung bis zum Hals.

Es dauert nur kurz, bis die Verbindung steht. Ich kriege keinen Ton heraus.

»Mama, bist du das?«

# EPILOG

Den Traum, einmal mit meinem Schimmel am Strand entlang zu galoppieren, träume ich schon lange.

Die Figuren der Geschichte tragen keine Namen, sie bleiben anonym und doch berühren sie die Schimmelreiterin und verändern ihr Leben. Sie tauchen kurz auf und versinken wieder in ihrem eigenen unbekannten Leben. Alle kommen aus der Ich-Perspektive heraus zu Wort, eröffnen neue Blickwinkel.

Dieses Buch beschreibt mein Leben, meinen Willen, nicht unterzugehen.

Es ist eine Flucht vor dem Alltag, der mir sein hässliches Gesicht jeden Tag aufs Neue zeigte. Den Schmerz um den Tod meines kleinen Sohnes, das ständig schlechter werdende Verhältnis zu meinem Ehemann, das Aus der

Ehe, eine liebevolle und turbulente neue Beziehung, da kann es einem schon einmal zu viel werden.

Meine Pferde haben mich durch die schlechten Zeiten getragen, zuerst meine alte »Susi«, dann mein dicker und liebenswürdiger »Sorry«, schließlich mein wundervoller Schimmel, der wahre Held meiner Geschichte.

Ohne die drei und den Gedanken, dass ich einfach losreiten kann, tatsächlich den Traum wahr machen kann, hätte ich es nicht geschafft, nach dem schweren Verlust wieder Freude am Leben zu finden.

Das Buch hat mich von meiner Wut über die Ungerechtigkeit des Lebens befreit.

Ich kann es immer noch nicht fassen, dass es funktioniert hat.

Mein großer Wunsch ist es, nun all denen Hoffnung zu machen, die ihr Leben nur noch als schwarze, unüberwindliche Wand vor sich sehen.

Dahinter geht es weiter.

Ich weiß es, denn ich bin dort...

Umschlagbild: Joachim Feist
Umschlaggestaltung: Oertel+Spörer Verlag,
PMP Agentur für Kommunikation
Satz: Uhl+Massopust, Aalen
Druck und Bindung: CPI books GmbH, Leck
ISBN 978-3-88627-638-7